KB126200

韓國의 漢詩 11

石洲 權韠 詩選

옮긴이 **허경진**은 연세대학교 국어국문학과를 졸업하고,
같은 대학원에서 문학박사 학위를 받았다. 목원대학교 국어교육과 교수와
열상고전연구회 회장을 거쳐, 연세대학교 국문과 교수를 역임했다.
《한국의 한시》총서 외 주요저서로는《조선위항문학사》,《허균 평전》,
《허균 시 연구》,《대전지역 누정문학연구》,
《성호학파의 좌장 소남 윤동규》등이 있고,
옮긴 책으로는《연암 박지원 소설집》,《매천야록》,
《서유견문》,《삼국유사》,《택리지》,《허난설헌 시집》,
《주해 천자문》,《정일당 강지덕 시집》등 다수가 있다.

韓國의 漢詩 11

石洲 權韠 詩選

초   판 1쇄 발행일   1987년 12월 31일
개정증보판 1쇄 발행일   2022년 2월 5일

옮 긴 이   허경진
만 든 이   이정옥
만 든 곳   평민사
          서울시 은평구 수색로 340 〈202호〉
          전화 : 02) 375-8571
          팩스 : 02) 375-8573
          http://blog.naver.com/pyung1976
          이메일   pyung1976@naver.com
등록번호   25100-2015-000102호
ISBN   978-89-7115-817-3   04810
           978-89-7115-476-2   (set)
정   가   12,000원

한국의 한시 11

석주 권필 시선

허경진 옮김

평민사

 머리말

    우리나라에 여러 시인들이 있었지만, 가장 시인적인 기질을 지니고 살았던 시인으로는 손곡 이달과 석주 권필을 꼽을 수 있다. 두 사람이 한 세대 차이로 당시(唐詩)를 즐겨 배웠지만, 워낙 대조적인 그들의 기질은 각기 다른 시세계를 지니게 했다.

    이달에게서 소월과 같은 분위기를 느낄 수 있다면 권필에게선 육사와 같은 분위기를 느낄 수 있다. 이달의 시는 따스하게 무르녹았고, 권필의 시는 서늘하게 날이 섰다. 그러면서도 이들의 시는 어떤 점에서 서로 통하기도 한다.

    권필의 가장 시인적인 삶은 바로 그의 죽음으로 끝났다. 광해군의 폭정과 또 그 처가의 부정부패를 그대로 보아 넘기지 않고 풍자시를 지었다는 것이 그 죄명이었다. 시인(詩人)은 곧 시인(視人)이다. 남들이 제대로 보지 못하는 현실을 보고, 또 그러한 현실을 글로 쓰는 사람이다. 현실을 그대로 보지 못하는 사람도 시인이 될 수 없거니와, 또 그러한 현실을 있는 그대로 말하지 못하는 사람도 올바른 시인이 될 수 없다. 권필은 타고난 기질 그대로 올바른 시인 노릇을 하다가, 결국 무지한 현실의 벽에 부딪쳐 죽은 것이다. 이 책에선 권필의 극적인 죽음을 있는 그대로 보이기 위해, 부록으로 그의 죽음을 기록하였다.

권필과 가장 가까우면서도 대조적인 친구가 허균이다. 현실에 만족하지 못하고 비판적으로 행동한 것은 같았지만, 권필은 끝까지 뻣뻣하게 맞선 데 반해서, 허균은 몇 차례 벼슬에서 쫓겨났다가도 곧 다시 벼슬을 얻었다. 동·서의 당파가 다르면서도, 둘 다 상대방의 재주를 인정했다. 허균은 우리나라 최고의 시선집으로 인정받은 《국조시산》을 엮으면서, 자기 집안의 시인들만은 권필에게 맡겨서 공정한 선택과 비평을 구했다. 그만큼 믿은 것이다.

권필이 솔직한 풍자시를 지었다고 매 맞아 죽은 뒤, 허균도 다시는 시를 짓지 않겠다고 맹세하였다. 만약 권필이 좀더 살았더라면 그들의 사이는 어떻게 되었을까. 허균이 폐모론을 내세웠을 때, 의로운 성격의 권필은 어떻게 행동했을까. 그 뒤 허균이 혁명을 준비하고 있을 때, 또는 혁명 준비가 발각되어서 사형장의 이슬로 사라졌을 때 권필은 어떠한 행동을 했을까.

허균은 권필에 대하여 시를 지으면서 "천하에 으뜸가는 선비(石洲天下士)"라고 했다. 그의 시를 과연 이 책에서 제대로 옮겼는지는 자신이 없다. 앞으로도 그의 시는 계속 읽을 테고, 그에 대한 이해도 더 깊어질 것이다. 몇 년 뒤에 이 책을 다시 고쳐 낸다면, 좀 더 좋은 책이 될 것이다. 그의 시집으로는 처음 엮어지는 이 책을 삼가 그에게 바친다. 그의 넋이 아직도 흩어지지 않았다면, 크게 박수까지야 치지 않겠지만 그래도 한번쯤은 빙그레 웃어 줄 것이다. 권필을 또한 좋아하시어 기꺼이 해설을 써주신 이종은 선생님께 감사드린다.

- 1987년 초가을에
  허경진

차례

시와 술

마음은 고향에 가 있지만

친형 왕자까지도 죽이다니

부록

올바른 길

石洲 權韠

올바른 길
次鏡環子謾興四首韻・擇術

3.

백가가 어지럽게 각기 이름을 세워
굽은 오솔길 곳곳에서 사람의 마음을 끄네.
신불해[1]·한비자·노자·석가도 한갓 헛되니
공자·맹자가 남긴 책만 가르치고 싶어라.

百氏紛紛各有名。　　曲蹊隨處引人情。
申韓老佛徒爲爾、　　孔孟遺書要舌耕。

■

* 원제목이 길다. 〈경환자의 만흥 4수에 차운하다. 3. 학술을 선택하다.〉
1) 申不害 : 전국시대의 학자·정치가. 형명(刑名)의 학문으로 한(韓)나라 재
상이 되었고, 정치와 교육에 중점을 두어 잘 다스렸다. 부국(富國) 강병
(强兵)을 꾀하여 외침을 막았다. 법가(法家)의 시조이다.

13

주자의 《통서》와 소자의 〈관물편〉을 읽고서
讀周子通書邵子觀物篇感而有作

예문(禮門)과 인택(人宅)이 오랫동안 거칠더니
천년을 보내고서 큰 유학자를 얻었네.
광풍제월은 주무숙의 마음이고[1]
천심수면은 소요부의 표상일세.[2]
당시엔 이분들만이 선천(先天)의 학문을 깨달아,
후세에 태극도를 공연히 전해 주었네.
어린 이 몸은 아직도 향해 나아갈 길을 못 찾아
아득한 갈림길에서 서서 양주처럼 울기만 하네.

禮門仁宅久榛蕪。　　千載歸來得大儒。
霽月光風周茂叔、　　天心水面邵堯夫。
當時獨解先天學、　　後世空傳太極圖。
小子秖今迷所向、　　茫茫岐路泣楊朱。

---

1) 이름은 주돈이(朱敦頤: 1017~1073). 무숙(茂叔)은 그의 자이고, 호는 염계(濂溪)이다. '광풍제월'은 《주돈이전》의 '가슴속이 상쾌하고도 깨끗해서, 마치 화창한 바람과 비 개인 뒤의 달 같다(胸懷灑落、如光風霽月)'는 구절에서 나온 말이다.
2) 이름은 소옹(邵雍). 요부(堯夫)는 그의 자이고, 시호는 강절(康節)이다. 같은 시대의 주돈이가 이기론(理氣論)을 세운 데 반해, 그는 상수론(象數論)을 내세웠다. '천심수면'은 그의 시구 '달은 하늘 한가운데 이르고, 바람은 물 위에 불어오네(月到天心處、風來水面時)'에서 나온 말이다.

모든 일이 마음과 맞지 않아

記夢

사람 세상의 모든 일이 내 마음과 맞지 않으니,
강가에 앉아 낚시하려던 계획도 어긋났네.
하룻밤 꿈속의 혼이 이 일을 이루어서
갈꽃과 안개비가 도롱이를 가득 적시네.

人間百事與心違。　　江漢垂綸計亦非。
一夜夢魂能辦此、　　蘆花煙雨滿蓑衣。

둥지를 단단히 엮었건만

感懷 三首

2.

참새가 왜 그리 퍼드득거리나?
마른 갈대 가지에 둥지를 쳤다가
강가에서 불어오는 매서운 바람에
갈대가 꺾여 둥지까지 기울어졌네.
둥지 부서진 거야 아까울 게 없지만
알까지 깨어진 게 참으로 슬퍼라.
암수가 날면서 또 울부짖네.
날 저물어도 깃들일 곳이 없다네.
그대도 저 참새를 보게나.
만물의 이치를 미루어 알리라.
둥지를 엮은 거야 어찌 단단치 않겠나만
내어 맡긴 곳이 마땅치 않았기 때문이라네.

黃雀何翩翩、 　　寄巢枯葦枝。
江天喟然風、 　　葦折巢仍欹。
巢破不足惜、 　　卵破良可悲。
雄雌飛且鳴、 　　日夕無所依。
君看彼黃雀、 　　物理因可推。
結巢豈不固、 　　所託非其宜。

밤에 몹시 취해 앉았다가
붓을 달려 짓다

夜坐醉甚走筆成章 三首

2.
어제는 내가 꿈속에 새가 되어서
하늘나라에 날아갔었지.
꿈속에 물고기가 되어서
넓은 바다를 펄펄 헤엄치고 다녔지.
마음 내키는 대로 놀 수가 있어
훨훨 날았고 꼬리치며 헤엄쳤지만,
잠깐 사이에 문득 깨어 보니
이 몸은 그대로 침상 위에 있네.
만물의 이치가 합했다간 흩어지니
언제나 변화하지, 그대로 있긴 어려워라.
참인지 꿈인지 그 누가 가려낼 텐가.
나비인지 장자인지[1] 그 누가 분간할 텐가.
예부터 내려온 인간 세상의 일,
몇 차례나 좁쌀밥을 지었다던가.[2]

■
1) 장자(莊子)가 꿈에 나비가 되었다. 그는 꿈에서 깨고 난 뒤에도, 나비가
   현실이고 장자가 꿈인지, 장자가 현실이고 나비가 꿈인지 분간할 수 없
   었다.
2) 노생(盧生)이 한단(邯鄲) 주막에서 도사 여옹(呂翁)의 베개를 빌려 베고
   잠이 들어, 부귀영화를 누리며 여든 살까지 잘 사는 꿈을 꾸었다. 깨고 보
   니 아까 주인이 짓던 좁쌀밥이 아직도 익지 않았다.

산속 집에 유유히 기대어 섰노라니
저무는 햇볕이 천지를 고루 비추네.

昔余夢爲鳥、　　　　飛入白雲鄕。
又嘗夢爲魚、　　　　潑剌游滄浪。
方其得意也、　　　　狋狋且洋洋。
俄然形忽開、　　　　此身尙在床。
物理有合散、　　　　變化固難常。
孰辨眞與夢、　　　　孰分蝶與莊。
古來世間事、　　　　幾度炊黃粱。
悠悠倚山閣、　　　　天地正斜陽。

3.
그윽이 머물러 사는 곳에
집을 둘러싸고 고목이 많이 있네.
한밤중이면 우는 새가 있어
그 소리 마치 어린애 울음 같아라.
그 이름 올빼미라는데
울면 주인이 액을 당한다네.
주인이 올빼미에게 이렇게 말했지.
네 소리 비록 표독스럽긴 하다만,

온 세상 사람이 다 너 같은 무리이니
어찌 너 혼자만 상서롭지 못하랴.
아첨하고 헐뜯느라 교묘한 혓바닥 놀리고
여기저기 두리번거리며 간사한 눈을 치켜뜨지.
얼굴을 맞대고도 속으론 덫과 함정 만들어 놓고
예측 못할 곳에다 사람을 빠뜨리지.
너를 세상 사람과 견주어 본다면
복스럽지 않다고 어찌 말하겠나.

幽居所居屋、　　繞屋多古木。
有鳥半夜鳴、　　聲如小兒哭。
其名曰訓狐、　　鳴則主人厄。
主人語訓狐、　　爾聲雖甚毒。
擧世皆爾曹、　　不祥爾豈獨。
呫詟弄巧舌、　　睒睒張奸目。
對面設機阱、　　陷人動不測。
以爾比世人、　　焉知不爲福。

병법책을 읽다가

讀兵書有感

움츠린 채로 영웅은 늙어 가고
아까운 세월은 자꾸만 흘러가네.
장부의 한평생 석 자 칼은 잡았지만
임금님 은혜를 어떻게 갚으려나.[1]

局促英雄老、　　蒼茫日月奔。
平生三尺劍、　　何以答君恩。

■
1) 어떤 본에는 "임금님 은혜를 저버릴까 두려워라 [恐負聖明君]"으로 되어
있다. (원주)

20

답답한 심정을 뉘에게 말하랴
述懷

아침해는 어디서 왔으며
저녁해는 어디로 가는가.
하루아침 지나고 하루저녁 지나서
흰머리 어느새 이렇게 되었구나.
젊었을 땐 뜻과 기백 장하여
휘파람 길게 불며 이윤·여상[1]이 되고자 했지.
네모와 동그라미가 어찌 서로 맞으랴.
나와 세상은 참으로 어긋났어라.
헐뜯기도 칭찬도 많이 하더니
끝내는 친구마저 다 없어졌네.
게다가 전쟁 때를 만났는지라,
떠돌아다니는 나그네 신세라네.
구렁에 떨어져 죽는 거야 다행히 면했다지만
이 몸의 질병은 고질이 되었구나.
깨끗하자던 평생의 마음
이 답답한 심정을 뉘에게 말하랴.

■

1) 이윤(伊尹)은 은(殷)나라의 어진 재상. 탕왕(湯王)의 부름을 세 번 받고 재
상이 되어, 폭군 걸(桀)을 치고 천하를 다스렸다. 여상(呂尙)은 주(周)나라
의 어진 재상. 문왕(文王)의 스승. 무왕(武王)을 도와서 은나라 주왕(紂王)
을 치고 주나라를 세웠다.

가을 국화 꽃잎을 손으로 따서
고구의 선녀[2]에게 바치고 싶구나.
좋은 시절 만나기가 쉽지는 않아
한 해가 저물도록 목 빼고 바라보네.

朝日自何來、　　夕日向何去。
一朝復一夕、　　白髮遽如許。
少年志氣壯、　　長嘯望伊呂。
方圓豈相謀、　　與世實鉏鋙。
始也多毀譽、　　終焉寡儔侶。
況逢干戈際、　　漂泊忍羈旅。
溝壑幸而免、　　疾病固其所。
皎皎平生心、　　壹鬱誰與語。
手挐秋菊英、　　願貽高丘女。
佳期未易得、　　歲暮徒延佇。

---

2) 굴원의 〈이소(離騷)〉에 "아침에 백수를 건너려고 낭풍에 올라 말을 매었
네. 홀연 뒤돌아보며 눈물 흘리니, 고구에 여인이 없음을 슬퍼하노라.〔朝
吾將濟於白水兮 登閬風而緤馬 忽反顧以流涕兮 哀高丘之無女〕" 하였다. 고
구는 초(楚)나라의 산 이름이고, 여인은 신녀(神女)인데 어진 임금을 비
유한 것이다.

벼슬을 버린 뒤에 짓다
解職後題

한평생 쓸모없이 살다 보니 귀밑털이 세졌네.
낮은 벼슬 처량해 굶주림도 구제 못하네.
술에 취했다고 윗사람에게 야단맞느니
들사람과 기약한 곳으로 돌아가는 게 어떨까.
섣달에 담근 술항아리 재촉해 새 술을 맛보고
날 개인 처마를 바라보며 옛시를 다시 읽네.
여러 학생들 돌려보내고 문을 닫으니
병중의 내 신세론 잠이나 자는 게 가장 좋구나.

平生樗散鬢如絲。　　薄官凄涼未救飢。
爲問醉遭官長罵、　　何如歸赴野人期。
摧開臘甕嘗新醞、　　更向晴簷閱舊詩。
謝遣諸生深閉戶、　　病中唯有睡相宜。

■
* 예조판서 이정구가 권필의 가난을 구제할 생각으로 동몽교관(童蒙敎官)의 자리에 취임하게 했다. 그는 곧바로 나아가 학생들을 가르쳤는데, 어떤 사람이 그에게 "때를 띠고 예조(禮曹)에 먼저 가 뵙는 것이 상례이다"고 말했다. 그는 "한두 말의 녹을 위해 허리를 굽히는 것은 나의 뜻이 아니다"고 하며 벼슬을 버리고 강화도로 들어갔다. 오천리에 초당을 짓고 은거하며 제자들을 가르쳤다.

항주(杭州) 전당현(錢塘縣)으로 돌아가는 누봉명(婁鳳鳴)을 보내며

送婁鳳鳴還杭州錢塘縣

물은 오나라 하늘에 잇닿아 넓고
산은 월나라 땅을 좇아 나뉜 곳이지.
영은사[1]에는 구름과 안개 자욱하고
용금문[2]에는 꽃과 달빛 아름다우리.
빼어난 경치는 중원에서 으뜸이요
번화한 거리는 외국에 알려졌으니,
평생 꿈속에라도 가 보고 싶었는데
그대를 보내니 더욱 마음이 서글퍼라.

水接吳天闊、　　山從越地分。
雲霞靈隱寺、　　花月湧金門。
形勝中原最、　　繁華外國聞。
平生勞夢想、　　送爾更消魂。

■

1) 절강성(浙江省) 항주(杭州) 서호(西湖) 서북쪽 영은산(靈隱山)에 있는 절로, 326년에 인도 승려 혜리(慧理)가 창건하였다. "부처가 세상에 있을 때 대개 선령의 비호를 받는다.[佛在世日 多爲仙靈之所隱]" 하여 혜리가 '영은(靈隱)'이라 이름지었다고 한다.
2) 남송(南宋)의 행도(行都)인 임안(臨安), 즉 지금의 항주시(杭州市) 서쪽 성문으로 서호(西湖)를 굽어보는 곳이다.

24

김화현감 구용을 곡(哭)하다
哭具金化容

뜻밖에도 이렇게 가시다니
하늘이 어찌 나를 망하게 하는가.[1]
조로의 곡조[2]는 처량하고
야대의 거처는 적막하구나.[3]
평소 하시던 말을 고요히 생각하고
차례로 온 편지를 거듭 찾아보니,
세상을 근심하던 종래의 뜻이
쓸쓸하게 헛것이 되어 버렸구려.

■

1) 안연(顏淵)이 죽자 공자가 "아, 하늘이 나를 망하게 하는구나. 하늘이 나를 망하게 하는구나." 하였다.《논어(論語)》〈선진(先進)〉
2) 상여가 나갈 때 부르던 만가인 〈해로가(薤露歌)〉 1장(章)이 '부추잎 위의 아침 이슬은 어찌 그리 빨리 마르는가.[薤上朝露何易晞)'로 시작한다.
3) 고적(高適)의 시에 "야대는 어찌 그리도 적막한가. 오히려 자운의 거처와 같도다.[夜臺何寂寞 猶是子雲居]" 하였다. (원주)
야대(夜臺)는 장야대(長夜臺)의 준말로, 무덤 속 지하를 가리킨다.《춘추좌씨전(春秋左氏傳)》양공(襄公) 13년 조에 무덤 속을 뜻하는 '둔석(窀穸)'에 대한 두예(杜預)의 주(註)에 "둔(窀)은 후(厚) 자와 같고 석(穸)은 야(夜) 자와 같으니, 후야(厚夜)는 장야(長夜)와 같다." 하였다.

不謂遽如許。　問天胡喪予。
凄涼朝露曲、　寂寞夜臺居。
靜念平生語、　重尋次第書。
向來憂世志、　牢落轉成虛。

진시황
秦始皇

분서(焚書)의 계책 너무도 졸렬했으니
그런다고 백성들이 어리석어지랴.
마침내 여산의 무덤을 파헤친 건[1]
오히려 시서와 예악을 공부한 선비가 아니었네.

焚書計太拙、　　黔首豈曾愚。
竟發驪山冢、　　還非詩禮儒。

---

1) 진시황을 여산(驪山)에 장사지낼 적에 수은(水銀)으로 강해(江海)를 만들고 황금으로 오리를 만들었으며, 위에는 천문(天文)을 갖추고 아래에는 지리(地理)를 갖추어, 온갖 기기(奇器)와 진귀한 것들을 함께 묻었다. 항우(項羽)가 유방(劉邦)과 패권을 다투던 때에 진나라 수도 함양(咸陽)에 들어가서 진시황의 릉을 파헤치고 온갖 보물을 취하였다.

말 위에서 시를 짓다

馬上得詩

세상사는 지금 모두 상관하지 않고
그저 시구로 산하를 다 차지하였네.
가련해라 말 위에서 평생에 얻은 것을
가져다 유옹에 비기면 과연 누가 많으랴[1]

世事如今不管他。　　只將詩句了山河。
可憐馬上平生得、　　持比劉翁果孰多。

---

1) 육가(陸賈)가 유방에게 늘 시서(詩書)를 말하니 유방이 꾸짖기를 "내가
   말 위에서 천하를 얻었는데 어찌 시서 따위를 배우겠느냐.(迺公居馬上而
   得之 安事詩書)" 하였다. 《사기(史記)》 권97 〈역생육가열전(酈生陸賈列
   傳)〉
   이 시에서는 권필이 말 위에서 시를 지어 천하를 읊음으로써 마음 속에
   천하를 차지한 것이 한나라 고조 유방이 말 위에서 싸워 천하를 얻은 것
   과 비교해 보면 누가 나으냐고 물은 것이다.

아들을 안고 느낌이 있어
抱兒有感

갓난아이를 어찌 이리도 내가 생각하는가.
아버지가 되어선 자애에 그쳐야 한다[1]고 일찍이 들었지.
백발이 되어 가르침 받을[2] 날 영영 막혔으니
내 몸이 너만 하던 시절을 어이 차마 생각하랴.

赤子胡然我念之。   曾聞爲父止於慈。
白頭永隔趨庭日、   忍想吾身似汝時。

■
1) 《대학장구(大學章句)》전(傳) 3장에서 주(周)나라 문왕(文王)의 성덕(聖德)을 말하면서 "아버지가 되어서는 자애에 그쳤다.(爲人父 止於慈)" 하였다.
2) 공자(孔子)가 홀로 서 있을 때 아들 백어(伯魚)가 추창(趨蹌), 즉 종종걸음으로 뜰(庭)을 지나가자 공자가 그에게 시(詩)와 예(禮)를 배웠는지 물었으므로, '추정(趨庭)'은 가르침을 받는다는 뜻으로 쓰인다.

아내가 나에게
시를 지으라고 하기에

石洲 權韠

취한 뒤에 아내에게 운을 부르게 하다

醉後命室人呼韻

잠에서 일어나니 아무 일이 없어,
창문을 열고서 작은 뜨락을 내다보네.
비 개인 뒤라서 풀빛 더욱 푸르고
날 저문 숲속에선 새소리가 들리네.
아내를 시켜 시운을 부르게 하고
아이에게 술단지를 내어오라 하고는,
소와 양들도 모두 돌아올 무렵,
사립문을 닫고서 나 또한 들어앉았네.

睡起仍無事、　　開牕面小園。
雨餘觀草性、　　林晩聽禽言。
倩婦呼詩韻、　　敎兒進酒樽。
牛羊各歸巷、　　吾亦閉柴門。

밤비 속에 시를 짓다

夜雨雜詠 四首

정월 그믐밤에 등잔 심지를 잘라가며 밤늦도록 술을 마시다가 정회(情懷)가 일어 절로 시를 이루고 조금도 글을 다듬지 않았다.

1.

봄밤에 부슬비 내려 지붕 처마엔 소리 들리니,
이 늙은이가 평생토록 이 소리를 사랑했다네.
베옷으로 몸 가리고 등불 돋우며 잠 못 이루고,
아내와 마주 앉아 두세 잔 거푸 들이키네.

春宵小雨屋簷鳴。　　老子平生愛此聲。
擁褐挑燈因不寐、　　對妻連倒兩三觥。

술을 그만 마시라는 아내에게
室人勸我止酒詩以答之

며칠 동안 잇달아 술을 마셨더니,
오늘 아침까지도 흥겨움이 더해라.
그대의 말씀도 또한 옳지만,
이 국화꽃 두고 어이 안 마시랴.

數日留連飲、　　今朝興又多。
卿言也復是、　　奈此菊枝何。

의주에서 형님을 만나고

龍灣逢仲氏

서울에서 헤어진 뒤로
오래도록 편지 한 장 없었네.
지금까지 몇 달 서로 그리다가
하늘 끝에서야 오늘 만났네.
눈 덮인 속에서도 봄빛은 피어나니
하늘 끝이라도 오히려 고향 같구나.
문에 기대어 기다릴 부모님 생각에
기쁨이 다하고 문득 슬퍼지는구나.

京口分離後、　　音書久杳茫。
相思今幾月、　　茲會却殊方。
雪裡生春色、　　天涯似故鄉。
仍懷倚門望、　　喜極輒悲傷。

■
* 겹(袷)이다. (원주)

36

죽은 벗을 묻고 나서

哭具金化喪柩于楊州之山中因日暮留宿天明
出山

저승과 이승이 서로 닿았지만 아득해 만날 수 없으니,
한 가닥 꿈만 은근할 뿐 생시는 아닐세.
눈물을 닦으며 산을 나서서 돌아갈 길을 찾으니,
혼자 돌아가는 이 몸을 새벽 꾀꼬리만이 울며 보내네.

幽明相接杳無因。　　一夢殷勤未是眞。
掩淚出山尋去路、　　曉鶯啼送獨歸人。

---

* 원 제목이 길다. 〈양주의 산속에서 김화구용의 널에 곡하고, 날이 저물었
 기에 머물러 잤다. 날이 밝자 산을 나왔다.〉
** 이날 밤 꿈속에서 구용(具容)을 보았는데, 살아 있을 때와 같았다.(원주)

천향녀에게

贈天香女伴

그대 선녀의 모습은 티끌세상에 어울리지 않아,
홀로 가야금을 안고서 저무는 봄을 원망하네.
줄이 끊어질 제면 나의 애도 또한 끊어지는 듯,
세상에서 이 소리를 알아주는 이 만나기 어려워라.

仙姿不合在風塵。　　　獨抱瑤琴怨暮春。
絃到斷時腸亦斷、　　　世間難得賞音人。

■
* 부안에 사는 기생 매창(梅窓)에게 지어준 시이다.

싸움 나간 남편을 기다리네

征婦怨

교하에 서리도 내리고 기러긴 남으로 날아가는데,
구월에 금성에는 아직 포위가 풀리지 않았네.
남편은 벌써 죽었건만 집에 남은 아내는 알지 못하고,
밤이 깊도록 여전히 겨울옷 다듬질하네.

交河霜落雁南飛。　　九月金城未解圍。
征婦不知郎已沒、　　夜深猶自擣寒衣。

선연동 기생무덤

嬋娟洞

거칠은 무덤에도 해마다 봄빛은 찾아와
꽃으로 새 단장하고 풀로 치마 둘렀네.
이 많은 꽃다운 혼들 아직 흩어지잖고
오늘도 비 되고 구름이 되네.[1]

年年春色到荒墳。　　花似新粧草似裙。
無限芳魂飛不散、　　至今爲雨更爲雲。

■

* 선연동은 평양성 칠성문 밖에 있는데, 기생들의 공동묘지이다. 꽃다운 얼
　굴과 재주로 한때 날렸던 그 넋들을 위해, 이곳을 지나던 풍류객들이 시
　를 지어 주곤 했다.
1) 춘추시대 초나라 회왕(懷王)이 고당(高唐)에 노닐다가 꿈속에 신녀(神女)
　를 만나 동침을 하였는데, 신녀가 떠나면서 말하였다. "첩은 무산(巫山)
　남쪽 높은 봉우리에 사는데, 아침에는 구름이 되고 저녁에는 비가 되어
　매일 아침저녁 양대(陽臺) 아래에 있습니다."《문선(文選)》권10 〈고당부
　(高唐賦)〉
　이 뒤부터 남녀 간의 사랑을 운우지정(雲雨之情)이라고 하였다.

병중에 밤비 소리를 들으며 초당이 생각나서 평생의 일을 서술하다

病中聞夜雨有懷草堂因敍平生 二十四首

1.

서재에 안 가본 지도 벌써 스무 날

갑자기 철을 깨닫고 보니 벌써 봄도 깊었네.

한밤중 누운 채로 꽃 재촉하는 빗소리 듣노라니

산유자를 심고 싶지만 병든 몸을 어찌할거나.[1]

不到書齋近二旬。　　忽驚時序已深春。

中宵臥聽催花雨、　　欲種山榴奈病身。

13.

내 한 몸도 가누지 못하는 터에 헛된 이름만 멀리 퍼져

천리를 멀다 않고 송생이란 젊은이가 찾아왔다네.

물을 긷고 땔나무를 해오며 부지런히 맡은 일을 해내니,

그대에게 묻노라 애써 일해서 무엇을 이루려고 하는가.[2]

■

1) 늘 물가 기슭을 따라 산유자를 죽 심어 놓으려 했는데, 이제 병이 들어 실행에 옮기지 못하게 되었다. (원주)

2) 이름이 희갑(希甲)인 송씨(宋氏) 유생이 호서에서 책상자를 지고 나를 찾아왔다. 그는 제자로서의 예(禮)를 매우 공손히 지켜 비천한 일을 하면서도 귀찮아하는 기색이 없었으니, 지성에서 우러난 행동이었다. 지금 초당을 지키며 10년 동안 공부할 계획을 세워 놓았다. (원주)

多蹇蹇劣得虛名。　　千里相從有宋生。
汲水採薪勤服役、　　問渠辛苦欲何成。

19.

젊어서는 신선의 경지를 읽으며 위백양을 그리워했고,
나이 들면서는 술을 즐겨서 산천 풍류를 찾아다녔네.
이젠 나도 늙어서 몸에 병도 많으니,
모든 일에 마음이 걸려 머리가 벌써 희어지려 하네.

少讀仙經慕伯陽。　　中年耽酒趂風光。
秪今老大身多病、　　萬事關心髮欲蒼。

20.

내 마음 본디 이름이나 빛내자 하지 않았고,
현명한 임금 도와 태평성대 이루자 했었지.
사람들이 나를 알아주지 않아 이젠 다 끝났으니,
내 평생 저버린 것을 흰머리 되어서야 거듭 깨닫네.

素心元不在榮名。　　欲佐明君致太平。
人莫我知斯已矣、　　白頭重覺負平生。

21.

병서를 독파한 것만도 오십여 종류,[3]
젊은날엔 호기를 자랑도 했지.
늙어서야 활과 칼은 내 일이 아닌 걸 알았으니
맑은 강으로 돌아가 낚시질이나 하리라.

讀破兵書五十家。　　少年豪氣向人誇。
晩知弓劍非吾事、　　歸去淸江釣淺沙。

23.

반평생 헛되게 굽은 길만 다녔네.
지극한 이치는 원래 육경에 있었구만.
이 마음으로 이 본성 간직케 할 수 있다면
가슴속 상쾌하고 깨끗한 마음, 그 누구와 다투랴.

半生虛作曲岐行。　　至理元來在六經。
能使此心存此性、　　胸中風月有誰爭。

■

3) 당나라 시인 두보의 〈송종제아부하서판관(送從弟亞赴河西判官)〉에 "병법
   오십가의 서책은 네 배가 그 상자가 되었네.[兵法五十家 爾腹爲筐筍]" 하
   였다. 오십가(五十家)의 병서는 많은 병서를 뜻한다.

가난
貧

남들은 송곳 꽂을 땅도 없다지만
나는 본래 꽂을 송곳조차 없네.
재물은 정해진 분수가 있으니
부정한 부귀는 바라는 바가 아닐세.
쑥대 우거진 곳은 원헌의 집
장맛비 내릴 때 자상이 시를 지었지.[1]
떠나간 옛사람은 이미 멀어졌으나
그 맑은 유풍은 뒤따를 만하네.

■
1) 장마가 열흘 동안 이어지자 자상(子桑)이 굶주려 병 들었을까 걱정하여
   자여(子輿)가 밥을 싸 가지고 찾아갔더니 자상이 노래하듯 곡하듯 금(琴)
   을 연주하며, "아버지인가, 어머니인가, 하늘인가, 사람인가." 하였다. 자
   여가 방으로 들어가서 "그대의 노래가 어찌 이다지도 슬픈가?" 하니, 자
   상이 말하였다. "나를 이렇게 곤궁한 지경에 이르도록 만든 자를 아무리
   생각해도 알 수가 없다. 어버지 어머니가 어찌 내가 빈궁하기를 바랐겠
   는가. 하늘은 사사로이 덮음이 없고 땅은 사사로이 실음이 없으니, 하늘
   과 땅이 어찌 사사로이 나를 빈궁하게 했겠는가. 나를 이렇게 만든 자를
   아무리 찾아도 찾을 수 없으니, 이러한 지경에 이른 것은 운명일 것이다."
   《장자(莊子)》〈대종사(大宗師)〉

人無置錐地、　　而我本無錐。
物量有定分、　　盜誇非所期。
蓬蒿原憲宅、　　霖雨子桑詩。
去者雖已遠、　　淸風猶可追。

술 취하여 추랑(秋娘)에게 주다

醉贈秋娘

양주의 하룻밤 꿈은 아득히 잊었기에
이곳에서 거문고와 술 생각도 못하였네.
강남의 단장곡1) 노래는 부르지 말라
세상 떠난 벗들 생각에 슬픔을 못 이기겠네.

楊州一夢杳難追。　　此地琴尊本不期。
莫唱江南斷腸曲、　　向來存沒不勝悲。

---

1) 황정견(黃庭堅)의 시 〈기하방회(寄賀方回)〉에 진소유(陳少游)의 죽음을
슬퍼하며 "소유가 술 취해 늙은 등나무 아래 누웠으니, 다시는 시름겨운
눈썹으로 술 한 잔을 권할 이 없구나. 강남의 단장구를 지을 줄 아는 사람
은, 지금은 오직 하방회가 있을 뿐일세.〔少游醉臥古藤下 無復愁眉唱一盃
解作江南斷腸句 只今惟有賀方回〕"하였다. 단장곡은 죽은 친구를 생각나
게 하는 슬픈 노래이다.

시와 술

石洲 權韠

시와 술
詩酒歌

두보는 아름다운 시구를 좋아했고[1]
잠삼은 진한 술을 즐겼지.
그런데 나는 어찌 된 사람이길래
시도 사랑하는데다 술까지 사랑하는가.
온 세상이 다 옹졸하건만
두 노인만은 벗으로 사귈 만해라.
인생이 유쾌하자면 눈앞의 일만 귀하게 여길 게지[2]
만세 뒤의 뜬 이름 무엇에 쓰랴.
내 붓은 손을 떠나지 않고
내 술잔은 입에서 떠나지 않으니,
잠삼은 내 왼쪽에 있고
두보는 내 오른쪽에 있네.
일생이 이와 같고 또 이와 같으니
지은 시는 몇 수이고 마신 술은 몇 말인가.
인간 세상의 철 바뀌는 것도 상관치 않고
하늘 위에 해 달이 가는 것도 묻지 않는다네.

■

1) 두보의 시 〈강상치수여해세료단술(江上値水如海勢聊短述)〉에서 "나는 좋
   은 시구를 몹시 탐내는 성격이어서, 시어(詩語)가 사람을 놀라게 하지 않
   으면 죽어도 그만두지 않으리.〔爲人性癖耽佳句 語不驚人死不休〕" 하였다.
2) 두보의 시 〈의골행(義鶻行)〉에 "만물의 정은 보복이 있으니, 마음을 유쾌
   하게 하려면 눈 앞에서 하는 것이 좋다.〔物情有報復 快意貴目前〕" 하였다.

요임금 순임금만 옳게 여기지 않고
걸왕 주왕이라고 글렀다 않는다네.
가난하고 천하다고 일찍 죽는다고 슬퍼하지 않고,
부유하고 귀하다고 오래 산다고 기뻐하지도 않는다네.
때론 산에 오르고 물가에도 가고
때론 꽃을 찾고 버들을 구경간다네.
흥이 나면 취하고 취하면 시를 읊으니
세상 만물이 나에게 무슨 걸림 있으랴.

杜子耽佳句。
岑生嗜醇酎。
而我何如者、
愛詩兼愛酒。
舉世盡趨趄、
二老可尙友。
人生快意貴目前、
何用浮名萬歲後。
我筆不去手、
我杯不離口。
岑生在吾左、
杜子在吾右。
一生如此又如此、
詩凡幾首酒幾斗。
不管人間寒暑換、
不問天上日月走。
不是堯與舜、
不非桀與紂。
不悲貧賤夭、
不喜富貴壽。
或登山臨水、
或訪花隨柳。
有興輒醉醉卽吟、
萬物於我知何有。

송강 선생의 무덤을 지나면서

過鄭松江墓有感

비인 산에 나뭇잎 지고 빗줄기만 쓸쓸해.
상국의 풍류도 이처럼 적막하구나.
외롭게 한잔 술 들었지만 다시 권할 길 없으니
지난날의 〈장진주사〉가 오늘에 와 맞는구려.[1]

空山木落雨蕭蕭。　　　相國風流此寂寥。
惆悵一杯難更進、　　　昔年歌曲卽今朝。

---

1) 공이 일찍이 단가(短歌)를 읊어 "죽은 뒤에는 누가 한잔 술을 권할까.〔死
   後誰勸一杯酒〕" 하는 뜻을 말하였다. (원주)

봄날 혼자 술을 마시며
春日獨酌有詩 二首

2.

오늘 또 날이 저무네.
인생 백년이래야 얼마나 될까.
병 앓은 뒤라서 시 지을 생각은 없고
즐거운 일은 꿈속에서만 많아라.
도를 배웠대야 개구리가 바다 있다는 소리를 들은 셈,
생애를 꾸려 봤대야 쥐가 황하물을 마신 격.
외딴 곳에 혼자 살다 보니 찾는 이도 없어,
술 마주 앉아 큰소리로 노래 부르네.

今日又云暮、　　百年能幾何。
詩情病後少、　　樂事夢中多。
學道蛙聞海、　　謀生鼠飮河。
無人問幽獨、　　對酒一高歌。

한낮에도 이불 껴안고
題金晉卿郊居次元常丈人韻

외로운 마을에도 한 해가 저물고 눈만 하얗게 덮였는데,
대나무 아래의 사립문은 한낮이 되어도 열리지 않는구나.
술에 취해 이불을 두르고 게을러 일어나지 않노라니
주인이 와 머리를 부축하며 남은 술잔을 다시 권하네.

孤村感暮雪皚皚。　　竹下柴扉午未開。
中酒擁衾慵不起、　　主人扶首勸餘盃。

■
* 원 제목이 길다. 〈원상 장인(元常丈人)이 지은 시의 운(韻)을 사용하여 김
　진경(金晉卿)의 교거(郊居)에서 짓다.〉

두보의 시를 읽고서
讀杜詩偶題

두보의 글은 세상에서 으뜸이라
한번 읽고 나면 가슴까지 시원해지네.
그늘진 골짝에선 신비스런 바람 서늘하게 일어나고
옛스런 종에선 하늘의 풍악소리 울려나오네.
구름 걷힌 하늘에선 쏜살같은 매가 질러 날고
달 밝은 바다에선 용떼가 꿈틀거리네.
신선이 사는 산길로 의연히 걸어 들어가
천 봉우리 더듬어 보고 나니 다시 만 봉우릴세.

杜甫文章世所宗。　　一回披讀一開胸。
神飆習習生陰壑、　　天樂嘈嘈發古鐘。
雲盡碧空橫快鶻、　　月明滄海戲群龍。
依然步入仙山路、　　領略千峰更萬峰。

술을 만나 벗을 생각하며
尹而性有約不來獨飮數器戲作徘諧句

벗을 만나 술을 찾으면 술이 날 따라오기 힘들고,
술을 만나 벗을 생각하면 벗이 날 찾아오지 않네.
한백년 이 몸의 일이 늘 이와 같으니,
내 홀로 크게 웃으며 서너 잔 술을 들이키네.

逢人覓酒酒難致、　　　對酒懷人人不來。
百年身事每如此、　　　大笑獨傾三四杯。

---

* 원 제목이 길다. 〈윤이성(尹而性)이 약속을 하고선 오지 않기에, 홀로 술
  몇 그릇을 마시고 장난삼아 우스개 시구를 짓다.〉
  이성(而性)은 윤효지(尹孝止)의 자이다.

한밤중까지 앉아서

夜坐書懷用東坡粲字韻奉呈同行諸君子

오늘 저녁 갑자기 즐겁지 않아
등불 돋우고 한밤중까지 앉아 있다네.
고달픈 인생이란 게 도대체 무엇인지
내 몸을 어루만지며 길게 탄식해 보네.
인생 백 년도 한바탕의 꿈,
흐르는 세월에서 즐길 게 뭐 있으랴?
나는 본래 얽매이지 않은 사람,
자연 속에서 오래도록 한가하게 지냈지.
안개 낀 물결이 나의 집이고
구름과 달이 바로 나의 벗이었지.
좋은 경치 만나면 몇 날이고 머물렀고,
시와 술로써 아침저녁을 보냈지.
살림살이라곤 사방에 세운 벽뿐이지만,
책상엔 옛 책이 쌓여 있다네.
욕심도 오래 전에 없어졌으니
새들 속에 들어가도 새들이 놀라지 않네.[1]
몸에는 아무런 차림새 없고

---

* 원 제목이 길다. 〈밤에 앉아서 동파(東坡)의 찬(粲) 자 운(韻)을 사용하여
  회포를 적어, 동행한 군자들에게 보여 드리다.〉
1)《장자(莊子)》〈산목(山木)〉에서 "짐승들 속에 들어가면 짐승들 무리가 놀

몇 달씩 세수마저 거르기도 했지.
어찌 다만 얽매이기만 싫어하랴.
타고난 성품이 둔하고도 느리다네.
게다가 살아가는 길 어렵기만 하긴
예나 이제나 한 가지 이치라네.
그 누가 어렵고 외로운 사람 생각해 주랴?
어리석고 나약한 사람, 세상에선 용납지 않네.
어쩌다 티끌세상 그물에 떨어져
부딪치는 일마다 어긋나게 되었던가.[2]
해를 넘기도록 멀리 떠난 나그네 되어
근심스런 얼굴로 여관에 앉아 있네.
동풍이 땅거죽 말아 일어난다면
눈이 녹아 봄날이 따뜻해지겠지.
나그네 시름을 풀 길이 없어
술과 마주 앉아 함께 마실 생각만 하네.

■

라 어지러워지지 않고, 새들 속에 들어가면 새들 행렬이 놀라 어지러워지
지 않는다. 새와 짐승도 싫어하지 않는데 하물며 사람이야 말할 나위 있
겠는가.〔入獸不亂群 入鳥不亂行 鳥獸不惡 而況人乎〕" 하였다.

2) 원문은 빙탄(氷炭)인데, 얼음과 숯은 성질이 상반되어 서로 충돌한다. 도
연명(陶淵明)의 〈잡시(雜詩)〉에 "어찌 당세의 선비가 가슴속에 빙탄이 가
득한 것과 같으리오.〔孰若當世士 氷炭滿懷抱〕" 하였다.

今夕忽不樂、	挑燈坐夜半。
勞生是何物、	撫己發長歎。
百年亦一夢、	流景安足玩。
我本不羈人、	久作江湖散。
烟波是吾宅、	雲月是吾伴。
遇勝輒留連、	詩酒窮昏旦[3]。
生涯四立壁、	古書堆几案。
機心久已息、	八鳥行不亂。
形骸付土木、	屢月或廢盥。
豈但厭局束、	受性實駑緩。
況復行路難、	古今同一貫。
人誰念窮獨、	世不容愚懦。
偶落塵綱中、	觸事生氷炭。
經年作遠客、	悄悄坐賓館。
東風捲地起、	雪消春日暖。
羈懷不可寫、	對酒思共粲。

■

3) 목판본에는 "단(旦)"이라는 글자 대신에 "어휘(御諱)"라는 두 글자가 있다. "임금의 휘(諱)를 피하느라 쓰지 않았다."는 뜻이어서, 선조(宣祖)의 이름인 단(旦) 자를 넣어 번역하였다.

새 울음 소리
四禽言 姑惡

1.

고악 고악[1]
시어미 악하지 않고, 며느리가 도리어 악하다.
고운 손으로 바느질도 할 수 있고
광주리엔 뽕잎이 가득, 잠박엔 누에도 가득하니,
며느리 노릇 다해 시어미나 즐겁게 해드릴 것이지
어찌 남들 향해 시어미 악하다 말하는가.
　위는 까마귀(姑惡)이다.

姑惡。　姑惡。
姑不惡。　婦還惡。
摻摻之手可縫裳、　　　桑葉滿筐蠶滿箔。
但修婦道致姑樂。　　　何須向人說姑惡。

■
* 금언(禽言)은 새를 의인화한 시체(詩體)이다. 소식(蘇軾)의 〈오금언(五禽言)〉 서문에 "매성유(梅聖兪)가 예전에 〈사금언〉을 지었다. 내가 황주(黃州)에 귀양 와서 정혜원(定惠院) 요사채에 머물러 살 때에 주위가 온통 울창한 숲에다 휜칠한 대밭이며 연못과 갈대숲인지라, 봄과 여름이 바뀔 무렵에 온갖 새들이 지저귀었다. 이 지방 사람들이 그 소리와 닮은 것으로 새 이름을 지었다. 이에 내가 매성유의 시체를 사용하여 〈오금언〉을 지었다." 하였다.
1) "시어미가 악하다 시어미가 악하다"라는 뜻.

3.

아욕사 아욕사[2]

사월이라 천산 만산에는

먹을 열매도 있고 깃들 가지도 있어

살아서 괴로울 것 없건만 죽기는 왜 죽으려나.

너는 보지 못했느냐, 지난해 동쪽 고을로 피난 간 백성들

고생이 뼈에 사무쳐도 오히려 살기를 바랐었지.

　　위는 아욕사(我欲死)이다.

我欲死、　我欲死、　四月千山萬山裏。

食有果兮巢有枝、　生無所苦死奚爲。

爾不見去歲東郡避甲兵。　苦辛到骨猶願生。

홀로 술을 마시며 시를 짓다

獨酌有詩

2.

어릴 적에는 명절 오길 기다리며
늘 세월이 더디 간다 원망했는데,
자란 뒤에는 노쇠할까 염려하여
세월이 빠르다고 앉아서 탄식하네.
부디 노력해 홍안 시절 아껴서
즐겁게 놀 때를 잊지 마소.
눈앞에선 스스로 깨닫지 못하다가
후일에 가서 스스로 슬퍼할 뿐일세.
누가 귀천이 다르다고 하였는가
귀천을 막론하고 모두 이 같다오.
그저 바라기는 백 년 평생에
술 있을 때 부지런히 서로 권하기를.

少也待佳節、　　長恨日月遲。
及壯念衰老、　　坐嘆年光馳。
努力愛紅顏、　　莫忘歡樂時。
眼前不自覺、　　後來徒自悲。
孰云貴賤殊、　　貴賤皆若斯。
但願百年內、　　有酒勤相持。

새해 봄에 병 때문에 술을 마시지
못하기에 서글픈 심정으로 시를 짓다
新春病不能飲慨然有作

평소에 술 마시기를 좋아하여
한 섬도 마다하지 않았는데,
어쩌다 술을 마시지 못하게 되니
조물주는 참으로 장난을 좋아하시네.
몸이 일찍 노쇠한 것 한탄할 뿐
마음이 동하지 않는다고 감히 말하랴.
내 멋대로 살다보니 게으른 습성을 얻어
도를 구하면서 예전의 용기를 잃었네.
마흔네 살 되도록 사는 동안에
세상일 겪은 것이 꿈속의 꿈일세.

平生喜飮酒、　　一石嫌未痛。
居然喫不得、　　造物眞好弄。
秖恨身早衰、　　敢言心不動。
任情得新懶、　　求道喪前勇。
行年四十四、　　閱世夢中夢。

취해서 읊다

醉吟

삼척의 태아검이요
백 년의 양보음[1]일세.
사람 만나면 백안[2]이 많고
유세할 때엔 황금이 적구나.
풍진 세상 만사는 한 번 눈물만 뿌릴 뿐
남아의 가슴속 심정을 그 누가 알랴.

三尺太阿劍、　　　百年梁甫吟。
逢迎多白眼、　　　遊說少黃金。
風塵萬事一揮淚、　誰識男兒方寸心。

1) 《삼국지(三國志)》권35 〈제갈량전(諸葛亮傳)〉에 "제갈량은 몸소 농사를
   지으면서 〈양보음〉 읊기를 좋아했다.[亮躬耕隴畝 好爲梁父吟]"라고 하고,
   그 주석에 "아침저녁마다 조용히 앉아서 항상 무릎을 안고 길게 읊조렸
   다.[每晨夜從容 常抱膝長嘯]"라고 하였다.
2) 《진서(晉書)》〈완적전(阮籍傳)〉에 "그의 어머니가 죽으니 혜희(嵇喜)가 조
   상 왔는데 완적이 백안(白眼)으로 대하므로 불쾌한 마음으로 돌아갔다.
   혜희의 아우 강(康)이 그 말을 듣고 술과 거문고를 가지고 갔더니 적(籍)
   이 청안(靑眼)을 보였다." 하였다. 백안시(白眼視)는 흰 자위가 드러나게
   흘겨보는 태도를 가리킨다.

시골 집에 머물다가 홀연 시사(詩思)가
떠오르기에 여종에게 술을 가져오게
했는데 시가 다 지어졌는데도
술은 오지 않았다

郊居忽有詩思命婢覓酒詩成而酒不至

삼동에 술 취하여 큰 거리에 노닐면서
속된 자들이 미쳤다 욕해도 아랑곳 않았네.
영욕이야 세상의 번복¹⁾이니 말해 무엇하랴
득실에는 그저 마음이 청량함을 깨닫겠네.
엊그제 시골 집으로 돌아오니
봄 쟁반에 향기로운 거여목을 햇살이 비추네.²⁾
인생의 거취는 마음 맞는 대로 할 뿐이니
우선 시편을 가지고 아침저녁으로 마음을 위로하네.
시가 지어져도 한 잔의 술을 얻지 못하니
배는 나를 저버리지 않았는데 내가 배를 저버렸구나.

■
1) 두보의 〈빈교행(貧交行)〉에 "손을 뒤집으면 구름이 일고 손을 엎으면 비
가 내린다.〔翻手作雲覆手雨〕" 하였다. 자주 뒤바뀌는 세상 인심을 뜻한다.
2) 당(唐)나라 설령(薛令)이 동궁 시독(東宮侍讀)이면서 대접받지 못하는 자
기 신세를 슬퍼하여 시를 지었다. "아침 해가 둥글게 떠올라 선생의 소반
을 비추네. 쟁반에는 무엇이 있는가. 거여목만 이리저리 놓여 있구나.〔朝
日上團圓 照見先生盤 盤中何所有 苜蓿常欄干〕" 목숙(苜蓿)은 말먹이 풀로,
몹시 거친 음식을 뜻한다.

三冬被酒遊康莊。　任教俗子譏清狂。
榮辱寧論世翻覆、　得失但覺心清涼。
昨者歸來田舍間、　日照苜蓿春盤香。
人生趣舍隨所適。　且把詩篇慰朝夕。
詩成不得一杯酒、　腹不負吾吾負腹。

꿈속에 짓다

夢中作

9월 4일 밤 꿈속에 한 집에 들어가니 연못과 건물이 매우 아름답고 살구꽃이 흐드러지게 피었는데, 주인이 술상을 차려 놓고 시를 지어달라고 청하였다.

그대 집의 좋은 술이 호박처럼 빛나고[1]
살구꽃은 땅에 떨어져 봄바람에 향기롭구려.
그대에게 묻노니 이를 보고 어이 술 마시지 않는가
술 마시지 않으면 사람의 애가 끊어진다오.
그대는 보지 못했는가 백량대 동작대에 가시나무 우거진 것을
세상사는 돌고 돌아 예측할 수 없다오.
인생이 한 번 늙으면 어찌 다시 젊어지랴
천금을 아끼지 말고 한 번 웃음을 사시구려.[2]

■

1) 이백(李白)의 시 〈중도의 아전이 술 한 말과 물고기 한 손을 가지고 여관에 와서 주기에 시로 지어 답하다[酬中都小吏攜斗酒雙魚於逆旅見贈]〉에 "노나라 땅의 술은 호박과 같고 문수(汶水)의 물고기는 자금빛 비늘일세.[魯酒若琥珀 汶魚紫錦鱗]" 하였다.

2) 송나라 황공도(黃公度)의 시 〈비 온 뒤의 봄놀이[雨後春遊]〉에 "천금을 아끼지 말고 한 번 웃음을 사라.[莫惜千金買一笑]" 하였다. 《지가옹집(知稼翁集)》

君家美酒琥珀光。　　杏花撲地春風香。
問君對此胡不飲、　　不飲只令人斷腸。
君不見柏梁銅雀生荊棘、　世事回環不可測。
人生老去寧再少、　　莫借千金買一笑。

12월 21일 밤에 손님 몇 사람과
새벽까지 술을 마셨는데
이 날 새벽이 바로 입춘이다
十二月二十一日夜與客數人飮至曉是曉立春

막걸리 권하여 손님을 붙들고
등잔불 아래 새벽까지 앉았네.
산은 추워서 아직도 눈을 빚는데
새소리는 벌써 봄을 아는 듯해라.
전쟁에 모든 일이 성글어졌건만
바닷가 사람은 유유하다오.
하늘가에 매화와 버들은
또 한 번 새로 봄빛을 띠었네.[1]

濁酒還留客、   靑燈坐及晨。
山寒猶釀雪、   禽語已知春。
草草干戈事、   悠悠江海人。
天邊梅柳樹、   又作一番新。

■

[1] 24절기 중 소한(小寒)부터 곡우(穀雨)까지 120일 동안 닷새마다 꽃 소식
을 알리는 새로운 바람이 부는데, 그때마다 절후에 맞는 꽃이 차례로 핀
다고 한다. 육귀몽(陸龜蒙)의 시에 "몇 방울 사옹우 내리고, 한 번 화신풍
부노라(幾點社翁雨 一番花信風)" 하였다.《산당사고(山堂肆考)》

구월 구일에 몹시 고적하여

九日懷抱甚惡

이날에 도리어 시름겨우니
덧없는 인생이 가슴 아파라.
숲의 바람은 마른 잎을 울리고
산의 빗줄기는 빈집에 들이치네.
막걸리는 마실 만한 게 못 되고
국화는 부질없이 향기 풍기건만,
고적한 나를 위로할 사람 없으니
이내 심사가 더욱 처량하구나.

此日還愁思、　　浮生亦可傷。
林風響枯葉、　　山雨入虛堂。
薄酒不堪飮、　　寒花空自香。
無人慰幽獨、　　心事轉凄涼。

■

* 후한(後漢) 때 환경(桓景)이 사기(邪氣)를 물리치기 위해, 음력 9월 9일인
  중양절(重陽節)에 수유(茱萸)의 열매를 주머니에 담아 차고 높은 산에 올
  라가 국화주를 마셨다. 이 고사에서 등고회(登高會)가 시작되었다. 당나
  라 왕유(王維)의 시 〈구월구일억산중형제(九月九日憶山中兄弟)〉에 "멀리
  서 알겠노라 형제들 높은 산에 올라가, 수유를 두루 꽂은 곳에 한 사람만
  빠졌으리란 것을.[遙知兄弟登高處 遍揷茱萸少一人]"라고 하여, 중양절 모
  임에 참여치 못한 외로움을 노래하였다.

마음은 고향에 가 있지만

石洲 權韠

마음은 고향에 가 있지만

春日有懷

푸른 버들은 그림 같아 맑은 햇볕과 어울렸는데,
푸른 이끼 낀 깊숙한 집은 낮에도 문을 닫았네.
제비 새끼가 돌아와도 봄은 고즈넉하기만 한데,
부슬부슬 내리는 비에 살구꽃이 떨어지누나.
마음은 고향에 가 있지만 몸은 여기 머물러 있으니,
꿈속에선 술잔을 마주했지만 깨고나면 아무도 없네.
서울에 사는 옛벗들이여 내 소식을 묻지 마오.
십년 떠돌이 생활에 눈물이 옷을 가득 적시네.

綠楊如畫弄晴暉。　　深院蒼苔晝掩扉。
燕子歸來春寂寂、　　杏花零落雨霏霏。
心還舊國身猶滯、　　夢對淸樽覺却非。
京洛故人休借問、　　十年江海淚盈衣。

어젯밤
昨夜

어젯밤 서쪽 동산에서 취한 뒤
돌아와 달을 마주하고 잠이 들었네.
새벽바람이 다정도 하여
꿈을 불어서 매화 곁에 보내주네.

昨夜西園醉、　　歸來對月眠。
曉風多意緒、　　吹夢到梅邊。

빗속을 가노라니
雨行

돌아가고픈 맘 너무 일어 견딜 수가 없기에,
이불 위에서 밥을 먹고[1] 새벽종 울자 길 떠났네.
짧은 밤 동안 여물을 씹느라 파리한 말은 고달프고,
이른 아침에 험한 곳을 오르려니 아이종도 지쳤구나.
흘러내리는 모래가 길을 막기에 다시금 강언덕에 오르니,
소낙비가 산을 뒤덮어 봉우리를 알아보지 못하겠구나.
머리를 돌려 바라다보니 구름이 이지러진 사이로,
비낀 해가 흘끗 보이는데 벌써 날이 저무는구나.

不堪歸興太生濃。　　蓐食催程趁曉鍾。
短夜齝箕羸馬倦、　　崇朝躋險小僮慵。
崩沙擁路還登岸、　　急雨渾山不辨峯。
回首偶看雲缺處、　　忽驚斜日已高春。

■

1) 《사기(史記)》〈회음후열전(淮陰侯列傳)〉에 "정장(亭長)의 아내가 그를 미
워하여 새벽에 밥을 지어 이부자리에서 먹었다.[亭長妻患之, 乃晨炊蓐
食.]"라고 하였다. 욕식(蓐食)은 너무 이른 시간에 밥을 먹는다는 뜻이다.

청명일

淸明日有作

봄기운이 꽃소식 재촉하고
버들가지엔 가벼운 먼지가 붙었네.
한식 지나자 사람들은 불을 때고
늦게 날 개자 새들은 지저귀네.
늙어갈수록 도리어 일이 많아져
봄이 왔건만 시를 못 짓네.
서울서의 십년간 꿈같은 세월
나의 서글픔, 마음만이 알리라.

淑氣催花信、　　輕黃着柳絲。
人烟寒食後、　　鳥語晚晴時。
老去還多事、　　春來不賦詩。
京華十年夢、　　惆悵只心知。

의스님을 송도로 보내며
送義上人之松都 二首

1.

여섯 해 동안 고행하느라 이미 말을 잊었으니[1]
세상만사 모두가 불이문[2]으로 돌아가네.
옛 절에서 불경 뒤적이는 새, 가을은 다 가고
산마다 붉은 잎, 그대로 황혼일세.

六年辛苦已忘言。　　　萬事都歸不二門。
古寺翻經秋又盡、　　　萬山紅葉自黃昏。

2.

빈산엔 잎 지고 시냇물 소리만 차가워
옛 절에 다시 오니 마음이 아득해라.
고요히 앉았노라니 가랑비도 그치고
저녁놀은 옛 그대로 서쪽에 있네.

■
1) 《장자(莊子)》〈외물(外物)〉에 "말하는 목적이 뜻에 있는 것이니, 뜻을 얻으면 말을 잊는다.〔言者所以在意 得意而忘言〕" 하였다. 선(禪)은 언어문자를 떠나 본성을 깨치는 공부이니, 의스님이 6년 동안 애써 수행하여 이미 말을 잊고 진리를 얻었다는 뜻이다.
2) 문수보살(文殊菩薩)이 "무엇이 불이법문이냐?"라고 물으니 거사(居士) 유마힐(維摩詰)이 침묵으로 대답을 대신하였다. 이에 문수보살이 "훌륭하고 훌륭하다. 문자와 언어를 떠난 것이 참된 불이법문이다." 하였다. 《유마경(維摩經)》〈입불이법문품(入不二法門品)〉

空山木落響寒溪。　　古寺重來意自迷。
清坐一番微雨歇、　　夕陽依舊在吾西。

촌에서 살다 보니
村居雜題 三首

1.

목마른 사람은 우물 꿈을 많이 꾸고
배고픈 사람은 푸줏간 꿈을 많이 꾸네.
봄이 되자 멀리 떠나는 꿈
매일 밤마다 강교에 이르네.

渴人多夢井、　　　飢人多夢庖。
春來遠遊夢、　　　夜夜到江郊。

2.

어젯밤 달은 안개에 가렸더니
오늘 아침 산은 구름을 벗어났네.
물결 위에는 끝없이 비가 내려
신발 자국을 가늘게 만드네.

昨夜月沈霧、　　　今朝山出雲。
無端波上雨、　　　細細作靴紋。

3.

어제도 반나절 자고
오늘도 반나절 잤네.
꿈나라[1]가 내 고향은 아니건만
오로지 그곳만이 내 마음에 맞네.

昨日半日睡、　　今日半日睡。
睡鄉非故鄉、　　聊以適吾意。

■
1) 수향(睡鄉)은 잠자는 사이에 마음이 가 있는 곳이니, 모든 세상 일을 잊고
무위(無爲)의 세계로 돌아감을 비유한 말이다. 소식(蘇軾)의 〈수향기(睡
鄉記)〉에 황제(黃帝)와 요순(堯舜) 시대를 수향의 풍속으로 규정하여, "천
하가 잘 다스려짐이 수향과 같다." 하였다.

80

밤늦게 돌아오며
暮歸

저녁해는 이미 저물어 짐승들이 쉬고 있는데
안개 낀 모래밭 이슬 젖은 풀밭에서 길을 잃었네.
그늘진 골짜기에 호랑이 울부짖어 밤바람이 매서운데
빈숲에 여우 우니 가을 달빛이 흐릿해라.
날아가는 반딧불 반짝이니 도깨비불처럼 보이는데
늙은 나무가 아련히 보여 산마을인 줄 알겠네.
머슴놈이 두 손에 횃불 들고 마중 나오니
나뭇가지 사이에서 떨던 새가 깜짝 놀라 날아가는구나.

夕日已入群動息、　　煙沙露草迷荒原。
虎嘯陰壑夜風烈、　　狐鳴空林秋月昏。
流螢閃閃疑鬼火、　　老樹曖曖知山村。
家僮出迎把兩炬、　　枝間寒雀驚飛飜。

강가를 따라 새벽길을 가며
江口早行

기러기 울고 강 위의 달도 가늘어졌는데,
갈대 사이를 헤치며 새벽길을 간다.
길고도 먼 길 말안장에 앉아서 꿈꾸노라면
어느새 다시금 고향 언덕에 이르렀네.

雁鳴江月細、　　　曉行蘆葦間。
悠揚據鞍夢、　　　忽復到家山。

농가에 들어가 자면서
旅宿

난리가 아직도 그치지 않았으니
세상길 언제 가야 평안해질까.
강가로만 삼 년 떠돌아다닌 나그네
하늘 끝에서 또 열흘 나그넷길.
썰렁한 마을은 늙은 나무에 의지해 섰고
빈 성 어디선가 피리 소리가 들리는 듯,
늦은 밤 농가에 들어가 자노라니
이렇게 사는 내 한평생이 쓸쓸하구나.

兵戈今未定、　　世路幾時平。
江上三年客、　　天涯十日程。
荒村依古木、　　畫角隱空城。
夜入田家宿、　　悠悠塊此生。

새벽에 차령을 넘으며

曉踰車嶺

인생이란 게 어질고 어리석고 할 것 없이
모두들 먹고 살기에 늘 허우적거리네.
세상 산다면서 어찌 세속을 벗어나랴,
또다시 고달픈 걸음이라네.
낡은 여관을 한밤에 떠나
말에 채찍질하며 서남쪽으로 가니,
비탈진 땅에 바윗돌은 크고
날씨 차가와 물은 맑구나.
이른 새벽에 차령을 넘어가니
좌우의 산들이 삐쭉삐쭉 솟았네.
솔바람소리 어찌 저리 시끄러운지
이름 모를 새가 이따금 한 번씩 우네.
기운 달은 뻗은 산줄기 뒤로 숨고
도깨비불이 수풀 사이에서 반짝거리니,
종놈은 울다간 넘어지고
내 말도 가다가 다시 놀라네.
험하고 어렵기가 말할 수 없으니,
이 길이 얼마큼 가서야 평탄해질까.
〈고한행〉[1] 노래만 길게 부르다 보니,
옛사람도 내 마음과 같았겠구나.

人生無賢愚、　　爲口長營營。
處世豈免俗、　　也復勞此行。
中宵發古館、　　策馬西南征。
地傾崖石大、　　天寒沙水靑。
凌晨越車嶺、　　左右山崢嶸。
松風何喧喧、　　怪鳥時一鳴。
斜月隱奔峭、　　鬼火林間明。
我僕泣且僵、　　我馬行復驚。
險艱不可道、　　斯路何時平。
長歌若寒行、　　古人同此情。

■
1) 본래는 진(晋) 나라의 악곡이다. 눈과 얼음으로 덮인 계곡의 험난함을 노
래하였다. 두보를 비롯한 여러 시인들이 이 악곡을 본받아 〈고한행〉을 지
었다.
조조(曹操)가 지은 〈고한행〉은 "북쪽으로 태항산을 오르니, 험하기도 해
라 어찌 이리 높은가. 구절양장 구불구불한 길에 수레바퀴가 부서지누
나.(北上太行山 艱哉何巍巍 羊腸阪詰屈 車輪爲之摧)"로 시작된다.

벗 구용에게
寄具容

해마다 그대와 함께 서울에서 꽃구경을 즐겼는데,
한번 헤어진 뒤론 해 바뀔 적마다 견디기 어려워라.
기러기도 오지 않은 채 봄이 벌써 저물어 가는데,
배에 올라 비바람 맞으며 이 몸은 하늘 끝에 있네.

年年同賞禁城花。　　別後那堪度歲華。
鴻鴈不來春又晚、　　一船風雨在天涯。

■
* 구용(1569-1601)의 자는 대수(大受)이고, 호는 죽창(竹窓)·죽수(竹樹)·
저도(楮島)이며, 본관은 능성(綾城)이다. 좌찬성을 지낸 능안부원군 구사
맹의 아들로 김화현감을 지냈다. 시를 잘 지어 명성이 높았으며, 권필, 이
안눌 등과 교분이 두터웠다. 임진왜란이 일어나자 권필(權韠)과 함께 상
소하여 강경한 주전론을 펴, 주화(主和)하는 두 재상 유성룡과 이산해의
목을 벨 것을 주청했다. 그가 33세의 이른 나이로 세상을 떠나자, 권필이
그의 고결한 시재를 몹시 아쉬워하며《죽창유고(竹窓遺稿)》2책을 편집
하고 서문을 붙였다.

멧새만 날아들어
林下十詠 · 無爲

5.
세속을 피하느라 근년 들어 시내 안 건너고[1]
별당을 흰 구름에게 나누어 주어 깃들게 했네.
맑은 창가엔 한낮이 되어도 사람이 찾아오지 않고,
오직 멧새만이 날아들어 나무 위에서 우는구나.

避俗年來不過溪。　　小堂分與白雲棲。
晴窓日午無人到、　　唯有山禽樹上啼。

---

1) 진(晉)나라 혜원법사(慧遠法師)가 여산(廬山) 동림사(東林寺)에 주석하면
서 절 앞의 시내를 건너 속세에 발을 디디지 않았는데, 여기를 지나기만
하면 문득 호랑이가 울었다. 하루는 도연명(陶淵明), 육수정(陸修靜)과 함
께 이야기를 하다가 자신도 모르는 사이에 이를 넘자 호랑이가 울어 세
사람이 크게 웃고 헤어졌다. 이를 호계삼소(虎溪三笑)라 한다.《동림십팔
고현전(東林十八高賢傳)》

초봄
初春

하늘 끝에서 매화와 버들 보며 눈물 흘려 옷을 적시니,[1]
강남에까지 떠돌며 아직도 돌아가지 못했다네.
끝없는 인생살이 꿈속처럼 아득하기만 하고
스물아홉 해 세월 돌이켜보면 내 뜻대로 된 게 없어라.

天邊梅柳又沾衣。　　意落江南尙未歸。
夢裡茫茫無限事、　　回頭二十九年非。

■
1) 두보가 안사(安史)의 난리를 겪으며 기주(夔州)에 떠돌아다닐 때 지은
〈태세일(太歲日)〉에서 "하늘가 매화와 버들이여, 서로 보는 동안 몇 번이
나 새로워졌나.(天邊梅柳樹 相見幾回新)" 하였다. 타향에서 매화가 피고
버들잎이 푸른 것을 여러 해 보았다는 뜻이다.

집에 돌아와 비 오는 밤에 산중의 벗들을 생각하며
還家雨夜憶山中諸友

산에서야 누가 알았으랴 산을 떠난 뒤엔 시름 있을 줄.
하룻밤 내내 그리워하다 보니 머리가 다 희어진 듯해라.
꿈 깨니 모르는 사이 낙숫물 어지러이 떨어져
이 몸이 시냇가 누각에 누워 있는 것만 같구나.

在山誰料出山愁。　　　一夜相思欲白頭。
夢罷不知簷溜亂、　　　却疑身臥澗邊樓。

강화도로 돌아가며 변명숙(邊明叔)을 남겨두고 헤어지다

歸江都留別邊明叔

서울로 집을 옮기려 했던 내 생각 벌써 어그러졌으니,
이젠 책과 칼을 지니고서 마음 굳게 다지고 돌아가리라.
먼 뒷날에라도 만약 내 소식 묻는 이가 있거든,
바닷가 외로운 마을에 문 닫고 홀로 산다고 전해 주오.

京口移家計已非。　　又將書劍決然歸。
他時若問吾消息、　　海上孤村獨掩扉。

---

* 변명숙의 이름은 변응벽(邊應璧)이다. (원주)
　변응벽(邊應璧, 1562~?)의 자는 명숙, 호는 구강(九江), 본관은 원주(原州)이다. 1600년 별시(別試) 병과에 급제하였다. 황해도사, 함경도사를 거쳐 명나라에 동지사(冬至使)로 다녀왔다.

물에 비친 그림자를 보면서

幽居漫興 四首

1.

늙어 가면서 나를 붙들어 주는 건 짧은 지팡이뿐인데,
숲속에 살면서 하루도 고요하지 않은 날이 없다오.
맑은 새벽이면 걸어서 시냇가 바위에 이르니,
해질 녘까지 앉아 물결 밑에 비친 그림자만 바라본다오.

老去扶吾有短筇。　　林居無日不從容。
淸晨步到澗邊石、　　落日坐看波底峯。

우계(牛溪) 선생의 시에 차운하여 박생(朴生) 수경(守慶) 의 유거(幽居)에 지어주다

次牛溪先生韻題朴生守慶幽居二絶

1.

땅이 외져서 사람의 발자취도 없으니,
깊은 숲속에선 새소리만 들리네.
여기 다른 세계가 있음을 이제야 알았으니,
그런 곳이 무릉도원에만 있는 것은 아니었구나.

地僻無人跡、　　林深有鳥言。
方知別世界、　　不獨在桃源。

이여일(李汝一) 전(膊)의 초당에 들러 이자민의 시에 차운하여 벽에 적다

過李汝一膊草堂用李子敏韻題壁上

싸늘한 성채 위엔 갈가마귀 우짖고 해도 저물려 하는데,
우연히 말을 타고서 그대의 집에 이르렀네.
띠로 이은 집은 고요해 티끌세상의 일이 없으니,
동쪽 울타리 시월 국화를 함께 바라 보네.[1]

鴉噪寒城日欲斜。　　　偶然騎馬到君家。

茅齋寂寂無塵事、　　　共對東籬十月花。

---

1) 진(晉)나라 은사(隱士) 도연명(陶淵明)의 〈잡시(雜詩)〉에 "동쪽 울 밑에서 국화를 따다가, 물끄러미 남산을 바라본다.〔採菊東籬下 悠然見南山〕" 하였다. 시월화(十月花)는 국화를 가리킨다.

꿈속의 마을

六月初吉夜夢入空宅夕雨霏霏落葉滿庭如有
怨別傷時之感口占一絶覺而記之

텅 빈 마을은 고요하고 사립문도 닫혀 있어서,
모르는 곳에 누웠노라니 알 만한 얼굴 보이지 않네.
저녁노을이 다 스러져도 사람은 찾아오지 않고,
뜨락 가득 붉은 잎 위에 부슬부슬 비만 내리네.

空村寂寞掩柴扉。　　　滯臥殊方故舊稀。
送盡夕陽人不到、　　　滿庭紅葉雨霏霏。

.

---

* 원래의 제목이 무척 길다. 〈유월 초순 어느 날 밤에 꿈을 꾸었다. 빈 집에
들어갔는데, 저녁비가 부슬부슬 내리고 나뭇잎이 뜨락에 가득 떨어졌다.
마치 누군가와 원망스럽게 헤어지면서 마음 아파하는 느낌이 들었으므
로, 입으로 한 절구의 시를 읊었다. 잠을 깨고 나서, 곧 종이에 옮겨 썼다.〉

한식날
寒食

제사 끝난 들머리에 해는 기울고
지전(紙錢) 날리는 곳엔 갈가마귀 울음소리.
사람들 돌아간 뒤라 산길을 고요한데
팥배나무 꽃잎을 빗줄기가 내려치네.

祭罷原頭日已斜。　　　紙錢飜處有鳴鴉。
山蹊寂寂人歸去、　　　雨打棠梨一樹花。

넋두리
自歎

내 모습 너무도 꾀죄죄해라.
대사립 닫은 채로 가을 보냈네.
시골로 돌아갈 계획도 이젠 늦었고
공업도 마음과 어긋나기만 하네.
임금에게 바칠 만한 보물도 가진 게 없고
뿌려 댈 황금은 더더욱 없어라.[1]
추운 날씨에 먼길 떠나면서
지난해 입던 옷만 계속 입고 있네.

韓也龍鍾甚、　　經秋守竹扉。
田園爲計晚、　　功業與心違。
未有玉堪獻、　　更無金可揮。
寒天登遠道、　　只着去年衣。

* 이때 호남으로 갈 작정이었다. (원주)
1) 도잠(陶潛)의 〈음주(飮酒)〉에 "비록 금을 뿌릴 일은 없으나 탁주는 애오라
지 믿을 만하다.(雖無揮金事 濁酒聊可恃)" 하였다.

심엄의 시골 집에 쓰다
題沈尙志㤟郊居

나그네가 수참으로부터 와서
새벽에 문을 두드렸더니,
집주인은 서울로 가서
세밑에도 아직 돌아오지 않았네.
머슴은 이런 손님을 익히 보았기에
나를 맞이하며 빙그레 웃는구나.
방문을 열어 좋은 대자리 깔고
부엌에 시켜 쌀밥을 대접하네.
주린 배를 넉넉하게 채우고 나니
갈 길이 멀어도 걱정이 없네.
머슴을 돌아보며 고마워하니
무엇으로 깊은 정성에 보답할까.
창가 벽에 시를 지어 남기니
주인 눈에 보이게 하려는 걸세.

■

* 심엄(沈㤟 : 1563-1609)의 자는 상지(尙志), 본관은 청송(靑松)이다. 휴
  옹(休翁) 심광세(沈光世)의 부친이자 택당(澤堂) 이식(李植)의 장인으로,
  옥과현감을 지냈다.

客自水站來、　清曉叩門板。
主人去京華、　歲暮猶未返。
園丁慣看客、　迎我笑而筦。
開室掃華簟、　戒廚供白飯。
居然飽我飢、　不愁前路遠。
顧謝汝園丁、　何以報深懇。
留詩牕壁間、　要掛主人眼。

차운하여 정상인(正上人)의 시축에 쓰다
次韻題正上人詩軸

무엇을 듣고 왔으며
무엇을 보고 가시는가.
오고 감을 오직 뜻대로 하니
초연하기가 비길 데 없으시네.
내 마음속에 의심이 있으니
바라건대 일전어[1]를 내려 주시오.
우리 도는 본말이 갖추어졌으니
순서에 따라 공부하건만,
어이하여 황면의 노인은[2]
돈오하는 법이 있다고 하시는가.
상인은 잠자코 말이 없기에
이별 앞두고 다시금 묻네.

---

1) 불가에서 학인(學人)이 미혹에서 벗어나게 심기(心機)를 바꾸어 주는 말.
   깨달음의 계기를 제공해 주는 한 마디의 번뜩이는 선어(禪語)를 말한다.
   《전등록(傳燈錄)》〈백장장(百丈章)〉에 "황벽(黃蘗)이 말하기를 '옛사람이
   일전어를 착대(錯對)하면 오백생(五百生)을 들여우의 몸으로 떨어진다.'
   고 했다." 하였다
2) 황면 구담(黃面瞿曇)·황면 노자(黃面老子)라고도 하는데, 부처의 몸이 황
   금빛이므로 부처를 가리켜 말한 것이다.

何所聞而來、　　何所見而去。
去來唯適意、　　超忽絶儔侶。
我有心中疑、　　願下一轉語。
此道具本末、　　進德要循序。
奈何黃面老、　　云有頓悟處。
上人默不言、　　臨別更問汝。

친형 왕자까지도 죽이다니

石洲 權韠

김덕령 장군을 생각하며

장군께서 지난날에 창 잡고 일어났지만,
장한 뜻 중도에서 꺾어지니 다 운명인 걸 어찌 하리요.
지하에 계신 영령이여 그 한스러움은 끝이 없지만,
취했을 때 부른 한 곡조 노래는 아직도 분명하다오.

將軍昔日把金戈。　　　壯志中摧奈命何。
地下英靈無限恨、　　　分明一曲醉時歌。

■
* 제목이 무척 길다. 〈꿈속에서 작은 책 한 권을 얻었는데 바로 김덕령(金德齡) 시집이었다. 그 첫머리에 실린 한편 제목이 〈취시가〉(醉時歌)인데, 나도 두세 번 읽어 보았다. 그 가사는… 이다. 꿈에서 깨어난 뒤에도 너무나 서글퍼서, 그를 위하여 시 한 절구를 지었다.〉
** 권필이 꿈속에서 보았다는 〈취시가〉의 가사는 다음과 같다.

　　　취했을 때 노래 부르니
　　　이 곡을 듣는 사람이 없구나.
　　　꽃과 달 아래서 취하는 것도 나는 바라지 않고
　　　공훈을 세우는 것도 나는 바라지 않네.
　　　공훈을 세우는 것은 뜬구름이요
　　　꽃과 달 아래서 취하는 것도 뜬구름일세.
　　　취했을 때 노래하노니
　　　내 마음 알아주는 사람 없구나.
　　　다만 바라옵기는 긴 칼 잡고 밝은 임금 받들고자 함일세.
　　　醉時歌、　此曲無人聞。
　　　我不要醉花月、　我不要樹功勳。
　　　樹功勳也是浮雲、　醉花月也是浮雲.
　　　醉時歌、　無人知我心、　只願長劍奉明君。

험난한 길
古意 八首

2.

어떤 사람이 동로(東魯)¹⁾ 땅을 떠나
이름을 얻으려고 장안으로 들어왔네.
장안엔 커다란 집들 늘어서 있고
푸른 구름 끝에서 노래하고 춤추네.
화려하게 입은 관리들이 큰길에 널려서
칼과 패옥 부딪는 소리 찰랑거리네.
문득 수레와 말이 오는 걸 보니
금안장에 햇빛 비쳐 찬란도 해라.
평생 진했던 사람인 줄은 알겠지만
나아가 만나려다가 그대로 머뭇거렸네.
한번 이름이라도 말해보고 싶었지만
그 당당한 기상을 범할 수가 없었네.
날 저문 뒤 여관으로 돌아와
베개를 어루만지며 눈물만 줄줄 흘렸네.
뒤에 오는 사람들에게 말하노니,
이 길은 참으로 유독 험난하다오.

■

1) 춘추시대 노(魯)나라가 산동(山東) 지역에 있기 때문에 '동로'라고도 불렀
는데, 도성에서 먼 지방이라는 뜻이다. 노나라가 산동과 산서로 나뉘었으
므로 글자 그대로 노나라 동쪽을 가리키는 경우도 있고, 공자 이후에 학
자가 많이 나온 고장을 뜻하는 경우도 있다.

有客別東魯、　　求名入長安。
長安多甲第、　　歌舞青雲端。
衣冠散廣陌、　　劍佩聲珊珊。
忽見車騎來、　　白日輝金鞍。
認是平生親、　　欲進仍盤桓。
願一道姓名、　　氣象不可干。
日暮歸邸舍、　　撫枕涕汍瀾。
傳語後來人、　　此路誠獨難。

개싸움
鬪狗行

누가 개에게 뼈다귀를 던져주었나?
개들이 몰려들어 사납게 다투네.
작은 놈은 반드시 죽을 게고 큰놈도 다쳤으니,
도적은 엿보다가 그 틈을 타려 하네.
주인은 무릎 끌어안고 한밤중에 우는데,
비가 내리고 담장까지 무너져 온갖 근심이 모여드네.

誰投與狗骨、　　　群狗鬪方狠。
小者必死大者傷、　有盜窺窬欲乘釁。
主人抱膝中夜泣、　天雨墻壞百憂集。

오늘의 역사

詠史

척리에¹⁾ 새로 귀하게 된 사람 많아,
붉게 칠한 대문이 궁궐을 둘러쌌네.
노래 부르고 춤추며 잔치만 일삼고
가벼운 갖옷에 살찐 말을 다투어 사들이네.
잘 사느냐 못 사느냐만 따질 뿐이지
옳으냐 그르냐는 문제 삼지도 않으니,
그들이 어찌 알겠는가? 쑥대 지붕 아래에서
추운 밤 쇠덕석 덮고 우는²⁾ 백성들을.

戚里多新貴、	朱門擁紫微。
歌鍾事遊讌、	裘馬鬪輕肥。
秪可論榮辱、	無勞問是非。
豈知蓬屋底、	寒夜泣牛衣。

■

1) 척리(戚里)는 한나라 고조(高祖) 때 외척(外戚)이 살던 마을인데, 이후로 제왕의 외척이 사는 마을을 뜻하는 말이 되었다.
2) 서한(西漢) 말엽의 직신(直臣) 왕장(王章)이 출사하기 전에 집안이 몹시 가난하여 덮을 이불조차 없었다. 그가 큰 병이 들어 쇠덕석 덮고 누웠다가 자신이 반드시 죽을 것이라 생각하여 처자에게 영결하는 말을 하니, 처자가 노하여 꾸짖으며 말하였다. "지금 질병과 곤액을 겪고 있으면서 스스로 격앙(激昻)하지 않고 도리어 눈물을 흘리며 우니, 어쩌면 그리 비루합니까?" 《한서(漢書)》 권76 〈왕장전(王章傳)〉

애절하게도 정말 애절하게도
切切何切切

애절하게도 정말 애절하게도
아낙네가 길바닥에서 울고 서 있네.
아낙네에게 물었지, 어찌하여 우느냐고.
"남편은 멀리 국경을 지키러 나갔답니다.
곧 돌아온다고 떠난 사람이
삼 년이나 되도록 소식이 끊겼답니다.
하나 있는 딸애는 아직 젖도 못 뗐지만
저는 키울 근력이 이젠 없어요.
고당엔 시부모님이 계신다지만
무얼 가지고 죽이라도 쑤어 올리나요?
논밭에 나가떨어진 이삭이라도 줍고 싶지만
겨울이 되도록 얇은 옷밖에 없답니다.
북풍은 벌판에 불어 대고
겨울 해는 쓸쓸히 저물어 가는데,
오늘도 혼자 띠풀집으로 돌아가자니
내 슬픈 원한 어찌 다할 날 있겠나요?"

切切何切切、　　有婦當道哭。
問婦何哭爲、　　夫婿遠行役。
謂言卽顧反、　　三載絶消息。
一女未離乳、　　賤妾無筋力。
高堂有舅姑、　　何以備饘粥。
拾穗野田中、　　歲暮衣裳薄。
北風吹郊墟、　　寒日慘將夕。
獨歸茅簷底、　　哀怨豈終極。

귀양가는 벗을 보내며
送人謫行

세상길 이처럼 어려우니
뜬구름 같은 인생 보전할 수 있겠나.
밑둥은 비록 내게 있다지만
손잡이는 또한 하늘에 달렸다네.
나의 병은 술을 끊어야 나을 테고
그대의 시도 마구 퍼뜨리지 말게나.
이제부터라도 우리 각기 애를 쓰면서
아무 소리 말고 남은 세월 보내세.

世路難如此、　　浮生可得全。
樞機雖在己、　　回斡亦關天。
我病宜休酒、　　君詩莫浪傳。
從今各努力、　　嘿嘿度殘年。

백낙천체를 본받아 충주석을 읊다

忠州石效白樂天

충주의 아름다운 돌은 유리 같아서
뭇 사람들이 깨어내어 바리로 실어 가네.
"그 돌들을 옮겨다 어디로 보내는지요."
"세돗집 신도비로 쓰일 거랍니다."
"비석에 쓰일 글은 누가 짓나요."
"붓 놀리는 힘도 굳센데다 글 짓는 법도 기이한 분들이
모두 이렇게 써주지요. 이 어른이 세상에 계실 적에는
타고난 성품이며 글 배운 것이 남보다 뛰어났다고.
임금을 섬길 때에는 충성스럽고 강직했으며
집안에 있을 때에는 효성스럽고 자애로웠다고.
집 앞에는 주고받는 뇌물 하나 없었고
곳간에도 모아 논 재물 하나 없었다고.
말씀마다 세상의 법이 되었고
행실마다 사람들의 사표가 되었다고.
나아가고 물러난 평생의 자취 속에
합당하지 않은 일이 하나도 없었다고.
그러기에 이렇듯 아로새겨서
길이길이 빛나게 하는 거랍니다."
비석에 쓰인 이 말을 믿든 안 믿든
남들이야 진실을 알든 모르든,
마침내 충주 산 위의 돌들은

날로 쪼아내고 달로 깨어내어 남김이 없게 되었네.
돌로 태어났길래 입이 없어 다행일 테지,
돌에게도 입이 있었다면 할 말 많았으리라.

忠州美石如琉璃。　　千人劚出萬牛移。
爲問移石向何處、　　去作勢家神道碑。
神道之碑誰所銘、　　筆力倔強文法奇。
皆言此公在世日、　　天姿學業超等夷。
事君忠且直、　　　　居家孝且慈。
門前絶賄賂、　　　　庫裏無財資。
言能爲世法、　　　　行之爲人師。
平生進退間、　　　　無一不合宜。
所以垂顯刻、　　　　永永無磷緇。
此語信不信、　　　　他人知不知。
遂令忠州山上石、　　日銷月鑠今無遺。
天生頑物幸無口、　　使石有口應有辭。

■
* 백낙천의 오언 〈입비(立碑)〉와 칠언 〈청석(靑石)〉, 두 편의 고체시를 본
받아 지었는데, 〈입비〉의 지(支)운까지 본받아 지었다. 내용도 물론 비
슷하다.

112

친형 왕자까지도 죽이다니

예로부터 무오·기미년 일이 내 마음을 슬프게 했는데,
을사년 이번 일은 더욱 참담하여라.
천고에 이름을 남긴 것은 두 학사이고,
지하에서도 원통하기는 한 분의 왕손이로다.
옳고 그른 일이 어우러져 끝내 결정짓기 어렵고,
비난과 칭찬이 어지러우니 쉽게 논하지 못하겠구나.
어떻게 해야 시원한 바람 끌어다 어두운 구름 헤치고,
해와 달을 높이 뜨게 해서 온 누리를 비치게 할까.

從來戊己可傷魂。　　乙巳年間事更屯。
千古留名兩學士、　　九原含痛一王孫。
是非裒裒終難定、　　毁譽紛紛未易論。
安得長風掃陰翳、　　高懸日月照乾坤。

■
* 이 시는《석주집》에 실려 있지 않고, 이긍익의《연려실기술》에 실려 있는
데, 그 사연을 이렇게 설명하였다. "그 뒤에 김수항(金壽恒)이《석주집》을
베끼면서 이 시를 실었는데, 송시열(宋時烈)이 그 위에 썼다. "그때 퇴계
(退溪)는 이미 나갔다가 다시 돌아와서 봉성군 처치에 관한 소에 참여하
였으니, 이 시에서 말한 두 학사란 회재(晦齋 이언적)와 퇴계를 가리킨 것
인데 그대는 이것을 아는가." 그러자 수항이 크게 놀라며 곧 그 시를 시판
에서 없애버렸다. 광해군이 친형 임해군을 죽인 것을 풍자한 시이다.

임숙영의 과거 급제를 취소했다기에
聞任茂叔削科

궁궐 뜨락 버들은 푸르고 꽃잎은 어지러이 흩날리는데,
온 성안의 벼슬아치들은 봄빛을 받아 아양떠는구나.
태평시대라 즐거웁다고 조정에서는 함께 축하했건만
그 누가 위태로운 말을 포의(布衣)에게서 나오게 했던가?

宮柳青青花亂飛。　　滿城冠蓋媚春暉。
朝家共賀昇平樂、　　誰遣危言出布衣。

■
* 광해군이 즉위하자 이이첨(李爾瞻)과 유희분(柳希奮) 등이 정사를 주도하
였다. 이이첨이 선생의 이름을 사모하여 일찍이 교제를 청하고자 하였는
데, 선생이 사절하고 만나 주지 않았다. 하루는 친구 집에서 우연히 마주
치자 담을 넘어 피하였다. 이에 이이첨이 몹시 유감을 품게 되었다.
선생은 혼탁한 세상에 살면서도 기탄없이 사실대로 말하는 것을 좋아하
였다. 혹 술자리에서 시를 지으며 시정(時政)을 기롱하고 풍자하였다. 소
암(疎庵) 임숙영(任叔英)이 전시(殿試) 대책(對策)에서 정사의 잘못된 점
을 극력 말하니 광해군이 삭과(削科)하라고 명하였다. 선생이 그 말을 듣
고는 개탄하여 이 시를 지었다. -윤증 〈동몽교관(童蒙教官) 증 사헌부 지
평 권공(權公) 행장〉

114

붓을 꺾으면서
絶筆

평생토록 우스개 글이나 즐겨 지어서
인간세상 만 사람 입을 시끄럽게 했네.
이제부턴 보따리에 싸놓고 남은 세월 보내며
그 옛날 공자처럼 말하지 않고 지내려네.[1]

平生喜作俳諧句、   惹起人間萬口喧。
從此括囊聊卒歲、   向來宣聖欲無言。

■

* 선생이 하루는 자기가 지은 시 원고를 꺼내어 작은 보자기에 싸서, 조카 심아무개(沈某)에게 맡겼다. 그리고는 보자기 뒤에다가 이 절구 1수를 썼다. 사흘 뒤에 잡혀서 심문을 받고, 끝내 죽었다. (원주)
  심아무개란 바로 심기원(沈器遠, ?~1644)이다. 권필은 자신이 죽을 것을 알고 이 시를 지었는데, 결국 마지막 시가 되었다. 위의 주는 심기원이 붙인 것 같다.
  심기원은 권필의 제자인데, 인조반정에 공을 세워 정사공신 1등에 책록되고 청원부원군에 봉해졌다. 이괄의 난이 일어나자 한남도원수가 되어 난을 막았고, 병자호란이 일어나자 서울 방어의 책임을 맡았다. 1644년에 좌의정으로 남한산성 수어사를 겸하게 되자, 이를 기화로 심복 장수들을 호위대에 두고 광주부윤 권억과 모의하여 회은군 덕인을 추대하려고 하였다. 그러나 부하 황헌이 훈련대장 구인회에게 밀고하여, 거사 전에 죽음을 당하였다.
1) 공자께서 말씀하셨다. "나는 말하지 않으려고 한다" 그러자 자공이 여쭈었다. "선생님께서 말씀하지 않으신다면, 저희들이 무엇을 전하겠습니까?" "하늘이 무엇을 말하더냐? 그래도 네 계절이 움직이고 모든 것이 생겨나느니라. 하늘이 무엇을 말하더냐?" - 《논어》〈양화〉

부록

石洲 權韠

석주 권필의 생애와 시

　석주 권필(1569~1612)은 조선조 수많은 시인들 가운데서도 몇 손가락 안에 꼽힐 정도로 뛰어난 시인이다. 그가 살았던 선조 무렵은 목릉성세(穆陵盛世)를 일컫던 문운(文運)의 융성과는 달리 내외로 격동과 파란을 극한 시기였다. 이러한 혼란과 격동의 시기를 꼿꼿한 선비의 몸가짐으로 살아간 인간 석주, 그러면서도 사람의 심금을 울리는 시를 남긴 시인 석주의 정신과 삶의 자세는 그 당시의 명성에 비해, 오늘에 와서 제대로 평가를 받지 못하는 아쉬움이 있다.

　옛 시인을 평가할 때 우리의 관심은 그 시인의 생애나 시 가운데 어느 한쪽에 기울게 마련이다. 그러나 권필을 두고는 어느 한쪽만을 떼어내 거론할 수가 없다. 이제 그의 생애와 인간, 그리고 시세계와 배움의 연원 등을, 여러 옛 사람의 평과 아울러 간략히 살펴보기로 한다.

1. 권필의 생애

　권필(權韠)은 호가 석주(石洲)요, 자는 여장(汝章)이다. 선조 2년에 마포 서강의 현석촌(玄石村)에서 태어나, 광해 4년 외척들의 전횡과 광해의 어지러운 정치를 풍자하는 〈궁류시〉(宮柳詩) 한 편으로 필화(筆禍)를 입어 죽기까지 마흔네 해 동안 실로 파란만장한 일생을 살았다.

　관향은 안동으로, 고려 초기 삼중대광태사(三重大匡太師)인

권행(權幸)을 시조로 하는 명문거족의 후예였다. 석주는 시조 행의 22세손이요, 안향(安珦)의 문인으로 영가군(永嘉君)에 봉해진 권부(權溥)의 9세손이니, 조선 개국 초기의 성리학자요 또 경세가(經世家)로서 이름 높은 양촌(陽村) 권근(權近)이 그의 6대조이다.

석주의 아버지 권벽(權擘)은 자가 대수(大手)요 호는 습재(習齋)이다. 일찍이 문신정시(文臣庭試)로 급제하여 이이(李珥)의 천거로 사관에 올라, 중종·인종·명종의 삼대에 걸친 실록 편찬에 참여하였다. 명나라 신종(神宗)의 등극 때에는 진하사(進賀使)의 서장관(書狀官)으로 명나라에 다녀오기도 하였다. 그도 또한 시명이 높았는데, 세속 명리에 개의치 않고 평생 오로지 의연한 선비의 길을 걸었던 생애와 삶의 자세는 석주에게 깊은 영향을 미쳤다.

석주의 형제는 다섯이었는데 모두 시로써 이름이 높아, 이들 형제의 《연주집》(聯珠集)이 세상에 널리 전해졌다. 이들 가운데서도 특히 넷째인 초루(草樓) 권갑(權韐)의 성품이 강직했으며 석주와 함께 시명이 높았다.

이러한 문장가의 집안에서 아버지 습재의 엄한 훈도를 받고 자라난 석주는 천성이 워낙 강골인데다, 불의와는 타협하지 못하는 열혈을 지닌 의남아였다. 나이 19세에 초시에 장원을 하고 복시에서도 거듭 장원을 했지만, 한 글자를 잘못 써서 출방(黜放)을 당했다. 그래서 스스로 세상과 구차히 합하지 못함을 알아, 마침내 과거공부를 버렸다. 여기에 다시 스승으로 앙모하던 정철(鄭澈)이 세자책봉 문제로 죄를 얻어 귀양 가자, 벼슬길에의 미련을 아예 버리고 산수 간을 노닐며 시와 술로 스스로 즐겼고, 당시의 인재들과 교유하였다.

사귀던 벗으로는 구용(具容)이 친하게 지내다가 요절하였고, 동악(東岳) 이안눌(李安訥)은 그 나란한 시명만이 아니라, 그 깊은 사귐으로 하여 흔히 이두(李杜)에 견주어졌다. 그밖에 조위한(趙緯韓)·조찬한(趙纘韓) 형제와 홍지성(洪至誠) 등이 그가 친히 지내던 벗들이요, 월사(月沙) 이정구(李廷龜)는 진작에 그를 알아본 지음(知音)이었다.

임진왜란이 일어나자 구용과 함께 당시 재상이던 유성룡(柳成龍)과 이산해(李山海)를 오국(誤國)의 책임을 물어 목을 베라고 극언하여 조야(朝野)를 들끓게 하였다. 그 뒤에 강화에 우거할 때에는 고을 사람 양택(梁澤)이란 자가 아비를 죽이고도 뇌물을 써서 오히려 관청에 고발한 이에게 피해가 돌아가자 분연히 상소하여 그 죄를 바로잡았다. 불의와 맞서 결코 좌시하거나 묵과하지 않는 선비의 길을 행동으로써 보였다.

시명은 진작부터 높아 33세 때에는 명나라 사신을 맞이하는 접빈의 행차에 포의(布衣)로써 제술관에 임명되는 영예를 입었고 또 이후에도 몇 번 접빈의 행차에 참여하여 그의 시는 세상에 더욱 알려졌다. 선조도 그의 시를 읽고는 칭찬을 아끼지 아니하고 늘 향안(香案)에 올려놓았다 하니, 그의 시에 대한 당시의 평가를 알 수 있겠다.

또 그의 가난을 안타까이 여긴 월사 이정구의 주선으로 두 번이나 동몽교관(童蒙敎官)의 벼슬이 제수되었다. 그러나 속대(束帶)하고 예조에 나아가 참알(參謁)해야 한다는 소리에, 몇 말의 곡식 때문에 허리를 굽힐 수 없다 하고는 이를 훌훌 털어 버리고 만 석주였다.

이처럼 대쪽 같은 그의 성격은 마침내 〈궁류시〉 한 편으로 인하여 그예 죽음에까지 이르고 말았다. 광해 4년 봄에 임숙영(任淑英)이 올린 시정(時政)을 힐난하는 내용이 광해의 비위를 건드려 삭과(削科)하라는 명령이 내렸는데, 이를 들은 석주가 이 시를 지어 임숙영을 두둔하고 외척들의 전횡을 풍간하였다.

그러다가 이 시가 나중에 일어난 김직재옥사(金直哉獄事)와 연루되어 광해의 노여움을 사게 되니, 이때의 재상이던 이항복(李恒福), 이덕형(李德馨), 최유원(崔有源) 등의 만류로도 광해의 노여움을 풀지 못했다. 심한 매질을 당하고야 겨우 함경도 경원 땅으로 귀양 보내라는 명이 내렸다. 동대문 밖 객점에서 묵으며 벗들이 준 송별주를 마시고 바로 죽으니, 때는 삼월이라 복사꽃이 지고 있었다.

2.

이렇듯 석주는 평생을 세속의 명리 따위에 연연하지 않고 꼿꼿한 선비정신으로 일관했던 불기인(不羈人)이었다. 그는 현실과의 관계에서 무한한 좌절을 맛보았고, 마음 같지 않은 세상에 대한 무료불평(無聊不平)을 온전히 시에 몰두하여 풀었다.

그의 문집인 《석주집》에는 850수에 가까운 시가 남아 오늘까지 전하고, 그 밖에도 약간 편의 산문이 더 있다. 그의 시에 대하여는 진작부터 여러 문인들의 한결같은 일컬음이 있었기에, 이제 와서 다시 그의 시에 대해 이야기한다는 것은 새삼스런 일일 것이나, 그 가운데 몇 가지를 들어 그의 시세계가 보여주는 특질을 살펴보기로 한다.

허균은 석주의 시를 두고, "절대가인(絶代佳人)이 분 바르지 않고서, 구름도 가던 길을 멈출 듯 아름다운 목소리로 등불 아래서 우조(羽調)·계면조(界面調)를 부르다가, 곡조가 아직 끝나지 않은 채로 일어나 가버리는 것 같다"고 하여, 석주 시의 언유진이의무궁(言有盡而意無窮)의 여운을 높이 샀다.

남용익(南龍翼)은 그의 《호곡시화》(壺谷詩話)에서 역대의 뛰어
난 시인 79명을 가려 뽑고 이들 가운데 고려조에서는 이제현·
정지상·이규보를, 조선조에서는 박은·권필·정두경 세 사람을
각각 으뜸으로 꼽았다. 여기서 남용익은 특히 석주 시에서 정
(情)의 경개가 조화롭게 잘 어우러짐을 높이 평가하였다.

김석주(金錫胄)는 또 석주의 시를 '기이한 봉우리에 구름이
이는 듯, 깎아지른 벼랑에 안개가 가득한 듯' 하다고 비유하
여, 그 보일 듯 보이지 않고 잡힐 듯 잡히지 않는 우뚝하고도
아득한 시격(詩格)을 말하였다. 그뿐 아니라 홍만종(洪萬宗)은
'석주의 시는 참으로 하늘이 내려 준 것이 아닐 수 없다' 하였
고, 장유(張維) 또한 '천기(天機)가 흘러넘친다' 하여 그의 시가
아름답고도 자연스러움을 각각 일컬었다.

그는 각 시체에 능하였으나, 특히 고시(古詩)에 뛰어나 누구
도 쉽게 흉내 내기 어려운 고시 장편을 많이 남겼다. 그래서
진작에 김만중(金萬重)이 '권석주는 각 시체에 두루 능하였다'
고 평했고, 김득신(金得臣)도 '오직 권석주가 고시에 매우 밝
았다'고 평했다. 정조(正祖)까지도 '우리 나라의 시가(詩家)에
서는 오직 권석주가 성당(盛唐)의 바른 소리를 얻었다'고 하여
기렸다. 실제 그의 《석주집》을 보면 우선 눈에 띄는 것이 다른
어떤 시인보다 고시 장편의 수가 많다는 점이다.

또한 권8에 실린 그의 잡체시(雜體詩)는 석주의 언어에 대한
다양한 실험정신을 알려주기에 족하며, 뒷부분의 산문은 또
그의 기절(氣節)과 학행(學行)을 그대로 말해주고 있다.

석주 시에 대한 여러 문인들의 평들은, 석주가 아름답고 부
드러운, 정의 표현에 뛰어난 여운(餘韻)의 시인이라는 점에 초
점이 맞추어져 있다. 얼핏 보아 불의와는 결코 타협치 않는

그의 생애로 미루어 남성적이고도 선이 굵은 시풍(詩風)을 기대하기 쉬운 독자에게 이러한 날렵하고 부드러우면서도 아름다운 석주의 시는 새로움을 안겨 주기에 족하다.

석주의 시풍을 바로 이해하기 위해서는 당시의 시대 문풍에 대해 잠깐 짚고 넘어가지 않을 수 없다. 석주의 시대는 학당(學唐)의 문풍이 어느 때보다도 두드러졌던 시기였다. 우리나라의 시풍은 조선 초기 이래로 고려의 실마리를 이어, 소동파를 근간으로 한 송나라 시를 학시(學詩)의 기준으로 삼았었다. 그러다가 중종과 명종의 시기를 거쳐 선조 때에 이르게 되면, 내외의 여러 가지 변화와 함께 최경창(崔慶昌)·백광훈(白光勳)·이달(李達) 등의 삼당시인(三唐詩人)이 배출되는 등, 학당의 풍조가 왕성하게 일어났다. 이러한 '자송역당(自宋易唐)'·'자소환두(自蘇還杜)'의 시대문풍 속에서 석주는 당·송을 아우르고 여러 시인들의 장점을 두루 취하여, 새롭고도 우렁찬 시격(詩格)을 일군 시인으로 위상 지어진다. 그는 특히 두보를 조종(祖宗) 삼아 학시의 기준을 이에다 두었으니, 그의 시에는 자자구구(字字句句) 두음(杜音)이 스며있다.

그의 시를 살펴보면, 젊은 시절 임진왜란의 전화(戰火)가 7년 동안이나 강토를 휩쓸었을 때에 아무 보탬도 되지 못하며 이를 지켜보는 선비로서의 무력감과 비분강개가 표현된 작품들과, 나이 들어 스스로를 돌이켜보는 저음(低音)의 자기 독백을 담은 술회시들이 작품의 많은 부분을 차지하고 있다. 그러나 이러한 바탕에는 늘 따뜻한 시인의 체온이 흘러 넘쳐 읽는 이의 마음을 가만히 적셔 주는 고요한 힘을 지니고 있다.

석주는 젊은 시절 저항과 좌절의 악순환 속에서 한때 빠져들었던 방일(放逸)과 불기(不羈)의 노장적(老莊的) 세계에서 벗어나, 나이 들자 성리(性理)의 도를 궁구하는 도학자의 길을 걸으려 했다. 오랜 방황 끝에서 결국 도(道)의 획득만이 가슴 속 그 깊은 갈등을 온전히 해소시켜 줄 수 있으리라는 자각 때문이었다.

《석주집》은 젊은 시절의 방황과 나이 들어 가면서의 변모 과정을 여실하게 잘 보여준다. 하나가 들끓는 갈등을 안으로 삭히며 외로이 신음하며 읊조린 것이라면, 다른 하나는 청정무애(淸淨無礙)의 맑고 걸림 없는 평정의 세계를 지향하고 있다.

또한 석주의 시세계를 특징 지워 주는 것의 하나로, 그의 선비정신을 담은 풍자시를 들 수 있다. 그를 결국 죽음으로 몰고 간 〈궁류시〉(宮柳詩) 한 편이 그러하고, 《석주집》 도처에 보이는 그의 현실인식을 담은 풍자시들도 그의 시정신의 일단을 잘 말해 준다. 광해의 서슬 푸른 친국에 임해서도 "조정에 직언하는 자가 없어 〈궁류시〉를 지어 제공(諸公)을 규풍(規諷)하였다"고 서슴지 않고 대답했던 것도 그러한 정신의 연장이다.

그러나 그는 비록 당시의 현실을 풍자했다 하더라도, 신하로서의 마음가짐을 잊지 않았다. 그의 분노는 권력만을 믿고 일신의 영달만을 도모하여 백성을 도탄에 빠뜨리고도 조금의 뉘우침도 없던 당시의 권귀(權貴)들에게 여지없이 퍼부어졌다. 광해비의 오라비이던 유희분(柳希奮)의 멱살을 잡고 호통치던 일이나, 이이첨(李爾瞻)의 청교(請交)에 담을 넘어 달아나던 기절(氣節)이 바로 이를 말해 주고 있다.

다만 아쉬운 것은 《석주집》의 개산(改刪) 때에 석주의 시인으로서의 면모보다도 도학자로서의 면모를 부각시키려 한 우암(尤庵)이 석주의 시 가운데 풍자가 심하거나 해학에 가까운 것 500여 수를 깎아내 버렸다는 사실이다. 이것이 모두 남았더라면, 그의 시세계에 대한 우리의 이해는 훨씬 더 폭넓게 되었을 것이다.

이상 간략히 시인 석주 권필의 생애와 시세계를 일별하였다.

생애를 두고 볼 때 그는 시정(詩情)과 구도(求道)의 갈림에서 오가는 삶을 살았다. 이러한 언뜻 상반된 지향점을 두고, 석주의 생애는 기복을 보여준다. 그러나 이는 한편으로 시정(詩情)의 측면에서는 가슴을 울리는 감동을 남긴 우뚝한 시인으로, 구도(求道)의 측면에서는 시만 가지고는 석주의 진면목을 알 수 없다고 한 동년배나 후배의 한결같은 기림을 낳았던 것이다.

석주가 간 지 어언 삼백 년 하고도 일흔다섯 해가 흘렀다. 전날의 우뚝하던 이름도 간 데 없이, 그도 흙이 되어 경기도 일산 감내의 야산 기슭에 묻혀 있다. 그러나 그의 시정신은 오히려 살아, 그의 시를 대하는 우리의 마음을 뭉클하게 한다. 여기에서 우리는 어지러운 시대를 불의와는 결코 손잡지 않고 지향과 좌절 속에서도 절의(節義)를 지켜왔던 선인들의 오롯한 몸가짐과 함께, 질곡의 현실을 살아가는 자신의 가야 할 길을 거울에 비추듯 만나게 될 것이다.

  － 이종은(문학박사 · 한양대 교수)

권필의 죽음

광해군이 임금으로 있을 때 친형 임해군이 반역을 꿈꾸었다고 하여 귀양을 가게 되었다. 종실의 여러 친척과 집안 사람 백여 명이 형벌을 받고 매 맞아 죽는 옥사가 일어났다. 임해군도 끝내 죽게까지 되었는데, 이항복, 이덕형, 정구(鄭逑) 등의 원로대신들이 목숨을 걸고 바른말을 하여 임해군을 살려 내려고 하였다. 권필이 이러한 일을 보고 느낀 바 있어, 시를 지었다.

> 예로부터 무오·기미년 일이 내 마음을 슬프게 했는데,
> 을사년 이번 일은 더욱 참담하여라.
> 천고에 이름을 남긴 것은 두 학사이고
> 지하에서도 원통하기는 한 분의 왕손이로다.
> 옳고 그른 일이 어우러져 끝내 결정짓기 어렵고,
> 비판과 칭찬이 어지러우니 쉽게 논하지 못하겠구나.
> 어떻게 해야 시원한 바람 끌어다 어두운 구름 헤쳐 버리고,
> 해와 달을 높이 뜨게 해서 온 누리에 비치게 할까.

권필은 자기 성격을 스스로 이기지 못해, 어떤 일을 보든지 바른말을 하지 않을 수 없었다. 임해군을 죽이는 데 앞장섰던 이이첨을 그는 사람으로 여기지도 않았다. 이이첨은 자기의 권세와 임금의 총애를 과시하면서 권필과 사귀기를 몹시 바랐지만, 권필은 그와 가까이하기를 꺼렸다. 남의 집에서 놀다

가도 이이첨이 온다는 말을 들으면 담을 뛰어넘어 달아났다.

이토록이나 이이첨에게 면박을 주었으므로, 끝내 이이첨도 그에게 원한을 품게 되었다.

그가 간신배를 미워한 것은 광해군의 처남이었던 유희분(柳希奮)의 경우도 마찬가지이다. 친척집에 가서 술을 마시고 취해 누웠는데, 유희분이 찾아왔다. 주인이 권필을 발로 차면서 깨웠다.

"문창대감이 왔다."

권필을 눈을 부릅뜨고 한참이나 노려보다가 꾸짖었다.

"네가 유희분이냐? 네가 부귀를 누리면서, 나랏일을 이 지경으로 만들었느냐? 나라가 망하면 너의 집도 망할 것이니, 너의 목이라고 도끼가 못 들어가겠느냐?"

유희분은 아무 말도 못하고, 기가 질려 가버렸다. 그 뒤로 유희분도 또한 권필을 미워하게 되었다.

1611년 봄에 과거를 베풀었다. 임숙영(任叔英)은 대책을 올려서 정치의 옳고 그름을 논하여, 권문세가의 부당한 행위와 왕실의 부정을 비난하였다. 그의 글은 뛰어났으므로, 훌륭한 성적으로 급제하였다. 광해군이 뒤늦게야 알고서, 화를 내면서 비망기를 내렸다.

"급제한 임숙영은 전시(殿試)의 책제(策題)와는 엉뚱하게 임금을 욕하였다. 그의 과거 급제를 취소하라."

임금의 명이 옳지 않다고 승정원에서 아뢰었지만, 광해군은 허락하지 않았다. 급제 취소의 명을 도로 거두어 주십사고 사헌부·사간원·홍문관에서 함께 청하였지만, 광해군은 이도 또한 허락하지 않았다. 3월에 이어 4월에도 임숙영의 과거 급제를 다시 인정해 달라고 청하였으며, 여러 부원군들도 차자(箚子)를 올려 청하였다. 가을에 가서야 비로소 그대로 발표하라고 광해군이 허락하였다.

　이 일에 대해서도 광해군의 처남이었던 유희분이 정권을 마음대로 휘둘렀으므로, 권필은 분을 이기지 못하고서 임숙영을 위하여 시를 지었다.

　　궁궐 뜨락 버들은 푸르르고 꽃잎은 어지러이 흩날리는데,
　　온 성안의 벼슬아치들은 봄빛을 받아 아양 떠는구나.
　　태평시대의 즐거움을 조정에서는 함께 축하했는데,
　　그 누가 위태로운 말을 포의에서 나오게 하였는가?

　궁궐 뜨락의 버들은 물론 광해군의 처가인 유씨 집안 형제들을 가리키는 말이고, 벼슬도 하지 못한 포의는 임숙영을 가리킨 말이다. 유희분은 이 시 때문에 권필을 더욱 미워하게 되었다.

　봉산군수 신률(申慄)이 도둑을 잡아서 매우 혹독하게 고문하였다. 도둑이 죽음을 늦추려고, 문관 김직재(金直哉)가 모반하였다고 꾸며대었다. 그래서 김직재를 잡아다 서울로 묶어 올렸다. 김직재는 또 황혁(黃赫)과 함께 진릉군(晉陵君)을 새 임금으로 추대하려 했다고 거짓말하였다. 황혁은 진릉군의 외할아버지였는데 황혁의 집을 수색하다가 문서 가운데서 권필의 이 시를 찾아내었다. 그래서 유씨 형제들이 광해군에게 나아가 호소하였다.

　국청에서는 또한 시구 가운데 임금을 원망하고 비방하는 뜻이 있다 하여, 권필을 잡아다가 국문하기를 청하였다. 권필은 모진 고문을 받았으며, 그 죄가 매우 무겁다 하여 죽게까지 되었다. 그래서 좌의정 이항복이 광해군에게 나아가 울면서 간하였다. 두세 번이나 울면서 아뢰었더니, 그제야 광해군이 비망기를 내렸다.

"전 교관 권필이 임금을 업신여긴 무도한 죄는 마땅히 엄히 형벌을 내리고 국문해야겠지만, 대신과 대간의 말에 따라서 형벌을 덜고 멀리 귀양 보낸다."

그러나 그동안 너무나 심하게 매를 맞았으므로, 귀양길을 곧 떠날 수가 없었다. 그래서 흥인문 밖에 있는 민가에 잠시 머물렀다. 권필의 벗들이 와서 문병을 하며 슬퍼하였다. 마침 권필이 누워 있는 방안의 벽에 옛시가 씌어 있었다.

때는 바야흐로 푸른 봄 날은 저물려는데,
복사꽃 어지러이 붉은 비처럼 떨어지누나.
권하노니 그대여 온종일 진토록 취해보소.
술이 많다 해도 유령의 무덤 위엔 이르지 못하리라.

유령은 진나라 사람이었다. 천성이 술을 좋아하여, 늘 술 한 병을 가지고 다녔다. 또한 머슴에게 삽을 들고 따라다니도록 하면서,
"술 먹다 죽으면 나를 그곳에 묻으라"고 했다.

이 시는 어떤 시골 훈장이 예전에 아무렇게나 썼던 것인데 권(勸)자를 권필의 성으로 잘못 썼다. 그래서 보는 사람마다 서로 돌아다보며 두려워 어쩔 줄을 모르고 놀랐다.

좀 있다가 권필이 목마르다고 하면서 술을 찾아서 큰 그릇으로 하나를 마셨다. 곧이어 그만 눈감고 마니, 이 날이 바로 3월 그믐이었다. 그래서 사람들이 이 시를 시참(詩讖)이라고 하였다.

밖에선 복사꽃이 어지럽게 떨어지고 있어서, 시 속의 풍경과 꼭 같았다. (어떤 책에는 이 시의 첫 구절이 '삼월이 다하고 사월이 오려 하는데'로 되어 있다.)

권필이 죽게까지 된 것은 옳지 못한 일을 참지 못하는 그의 선천적 기질 때문이었다. 그는 죽음을 얼마 앞두고, 자기의 조카 심기원(沈器遠)을 불러들였다. 그리고는 자기가 평소에 지어두었던 글들을 모두 챙겨서, 보자기에 싸주었다.

그리고는 그 보자기 위에다 마지막 시인 〈절필〉(絶筆) 한 절구를 써주었다. 떠들썩하게 살아온 한 생애를 반성하는 시였다. 그 뒤 사흘 만에 잡혀가 죽었다.

권필이 시 때문에 억울하게 죽은 뒤, 허균은 금산에 있는 벗 이안눌에게 편지하였는데, 다시는 시를 짓지 않겠다고까지 하였다.

권필이 시화(詩禍) 때문에 죽은 뒤, 형 갑(鞈)은 서호(西湖) 가에서 살았다. 하루는 집권당인 대북파의 한 무리가 강 위에서 뱃놀이를 하게 되었다. 그의 집 울타리를 지나가다가, 권갑에게도 함께 놀자고 불러내었다. 권갑도 곧 나아가 함께 놀았다.

술이 한참 돌았을 무렵, 권갑이 갑자기 술상 위 쟁반에 놓인 음식을 손으로 집어 머슴에게 주면서 말했다.

"이 종놈이 비록 나이가 어려 아는 게 없지만, 자기 어미를 효성껏 모실 줄은 안다오. 그래서 나는 이놈을 사랑한다오."

마침 광해군이 인목대비를 서궁(西宮)에다 가둬 놓았을 때였다. 권갑이 자기들을 풍자하는 것인 줄 알았으므로, 이들은 성이 나서 그에게 죄를 주려고 하였다. 그 가운데 한 사람이 나서서 말렸다.

"이제 그 아우를 죽였는데 또 그 형까지 죽인다면, 사람들이 장차 우리들에게 뭐라고 하겠소? 미치광이의 소리이니 모른 척합시다."

그래서 그 화를 겨우 그치게 하였다. 화를 무서워하지 않는 그들 형제의 의기가 이와 같았다.

연보

- 1569년(선조 2) 12월 26일, 한양 현석촌(玄石村, 지금의 마포 서강)에서 권벽(權擘)의 다섯째 아들로 태어났다.
- 1576년, 8세에 이미 긴 시를 지을 줄 알았다.
- 1587년, 진사 초시에 장원했고 복시에서도 또 장원했지만, 거슬리는 글자가 있어 무효가 되었다. 이후 다시는 과거에 응시하지 않았다.
  양주 정토사(淨土寺)에서 독서했다.
- 1590년, 이안눌과 양의당(兩宜堂)에서 놀았다. 이때 지은 시로 창수집(唱酬集) 한 권을 남겼지만, 임진왜란 때 불타 버렸다. 이안눌·조위한 등과 시사(詩社)를 조직하여 시작 활동을 했다.
- 1591년, 세자 책봉 문제로 강계에 귀양 가 있던 송강 정철을 이안눌과 함께 찾아갔다. 정철은 지상으로 귀양 온 두 신선을 만났다고 기뻐했다.
- 1592년, 4월에 임진왜란이 일어나자, 친구 구용과 함께 대궐에 나아가 상소를 했다. 당시의 대신 이산해·류성룡에게 나라를 잘못 다스린 죄를 물어 목을 베라고 청하였다. 임금은 허락하지 않았다. 강화도 누님 집으로 피난갔다.
- 1593년, 강화도에서 돌아와 덕수현(지금의 개풍군 덕수면)에 머물렀다.
  아버지의 상을 당했다.

- 1594년, 제1차 호남여행을 했다.
- 1596년, 제2차 호남여행을 했다.
- 1599년, 송나라 여러 학자의 글을 읽고 성리학을 공부하기 시작했다. 이 해 9월에 강화부의 양택(梁澤)이란 사람이 아버지를 죽이자, 부민들이 관청에 진정을 했다. 양택이 뇌물을 써서 관청에선 도리어 부민들을 벌하려 하였다. 부민들이 분하게 여기면서도 감히 말을 못하자, 권필이 상소하여 죄를 바로 다스릴 것을 청하고 현석촌으로 돌아왔다.
  연말에 제3차 호남여행을 하여 그곳에서 겨울을 보냈다.
- 1600년, 전남 장성군 황계에 머물면서 조위한·조찬한 형제들과 연작시 6수 1,500여 언을 지었다.
- 1601년, 명나라 사신 고천준(顧天埈)이 왔을 때, 접반사 이정귀의 추천으로 제술관이 되었다. 의주에서 해를 넘기며 6개월을 보냈다. 선조가 그의 시를 보고 총애하여 순릉(順陵) 참봉을 제수했지만, 그 벼슬을 받지 않고 백의로 종사하였다.
- 1603년, 예조판서 이정귀가 권필의 가난을 구할 생각으로, 동몽교관(童蒙教官)이란 자리에 취임하게 했다. 그는 곧바로 나아가 학생들을 가르쳤는데, 어떤 사람이 "띠를 띠고 예조에 가서 뵙는 것이 상례이다"고 권했다. 그는 "한두 말의 녹을 위해 허리를 굽히는 것은 나의 뜻이 아니다"면서, 벼슬을 버리고 강화도로 들어갔다. 오천리에 초당을 짓고 은거하면서, 제자들을 가르쳤다.
- 1606년, 명나라 사신 주지번(朱之蕃)이 왔을 때 접반사 유근이 종사관으로 따라갈 것을 요청했지만 병으로 사양했다.
- 1610년, 7월에 다시 동몽교관으로 임명되었지만, 나아가지 않았다.
- 1611년, 권근의 직계후손들끼리 모여 종계(宗契)를 조직했다.

• 1612년, 지난해 임숙영이 책문시(策問詩)에서 시정을 풍자하고 비판하는 글을 썼다. 광해군이 그 글을 보고 노하여, 임숙영의 급제를 취소하라고 명했다. 사헌부·사간원과 원로대신들이 잇달아 간하자, 가을에 가서야 비로소 그대로 발표하라고 허락하였다.

권필이 이 사실을 알고는, 외척 유씨(柳氏)를 풍자하는 〈궁류시〉(宮柳詩)를 지었다. 마침 그때 김직재의 무옥(誣獄)에 연좌된 조수륜의 집에서 권필의 시가 발견되었다. 광해군이 노하여 친히 심문을 한 뒤에 경원으로 귀양 보냈다. 곤장 맞은 상처가 심한데다 친구들이 주는 술까지 과음하여, 동대문 밖에서 죽었다.

原詩題目 찾아보기